Ein Drache zum ersten, zum zweiten...

Die Gefährten der Tahoe-Drachen
Buch 3

Jessie Donovan

Mythical Lake Press, LLC

Impressum

Dies ist eine erfundene Geschichte. Namen, Charaktere, Orte und Vorfälle sind entweder ein Fantasieprodukt der Autorin oder werden fiktional verwendet. Jegliche Ähnlichkeit mit Personen, ob lebend oder tot, Firmen, Ereignissen oder Orten ist rein zufällig.

Bücher von Jessie Donovan

<u>Die Stonefire-Drachen</u>

Dem Drachen geopfert

Den Drachen verführen

Die Drachen offenbaren

Den Drachen heilen

Den Drachen wiedererwecken

Vom Drachen geliebt

Dem Drachen ergeben

Vom Drachen geheilt

Dem Drachen helfen

Den Drachen finden

Vom Drachen ersehnt

Den Drachen überzeugen - erscheint demnächst

Vom Drachen geschätzt - erscheint demnächst

<u>Lochguard Highland Drachen</u>

Das Dilemma des Drachen

Der Drachenwächter

Das Drachenherz

Der Drachenkrieger

Die Drachenfamilie

Die Stonefire Drachen und Lochguard Highland Drachen Serien sind miteinander verflochten. Da so viele Leser nach der Lesereihenfolge fragen, habe ich sie in dieses Buch aufgenommen. (Diese Liste gilt ab Oktober 2025.)

Dem Drachen geopfert (Stonefire Drachen #1)

Den Drachen verführen (Stonefire Drachen #2)

Die Drachen offenbaren (Stonefire Drachen #3)

Den Drachen heilen (Stonefire Drachen #4)

Den Drachen wiedererwecken (Stonefire Drachen #5)

Das Dilemma des Drachen (Lochguard Highland Drachen #1)

Vom Drachen geliebt (Stonefire Drachen #6)

Der Drachenwächter (Lochguard Highland Drachen #2)

Dem Drachen ergeben (Stonefire Drachen #7)

Das Drachenherz (Lochguard Highland Drachen #3)

Vom Drachen geheilt (Stonefire Drachen #8)

Der Drachenkrieger (Lochguard Highland Drachen #4)

Dem Drachen helfen (Stonefire Drachen #9)

Den Drachen finden (Stonefire Drachen #10)

Vom Drachen ersehnt (Stonefire Drachen #11)

Die Drachenfamilie (Lochguard Highland Drachen #5)

Skyhunter gewinnen (Stonefire Drachen Universum #1)

Kapitel Eins

Am liebsten hätte Wes Dalton sich den verdammten, einengenden Blazer vom Leib gerissen, doch er erinnerte sich gerade noch rechtzeitig daran, warum er hier stand – backstage, in einem Casino in Reno, Nevada, herausgeputzt bis zum Gehtnichtmehr.

Er schuldete Ashley Swift und dem American Department of Dragon Affairs – ADDA – mehr als nur einen Gefallen. Und um diese Schuld zu begleichen, hatte er sich breitschlagen lassen, an einer Drachenmänner-Auktion teilzunehmen, deren Erlöse an eine Wohltätigkeitsorganisation gespendet werden würden.

Mit anderen Worten: Er würde heute Abend seine Autorität als Clanführer schön zur Seite schieben und sich dem Willen und den Launen irgendeiner Fremden unterwerfen müssen.

Selbst mit festgelegten Regeln freute sich Wes nicht gerade darauf.

Sein innerer Drache – seine andere Hälfte und die zweite Persönlichkeit in seinem Kopf – schnaubte. *Tu nicht so, als wäre das das Ende der Welt. Immerhin steht in den Regeln, dass wir niemanden küssen oder flachlegen müssen.*

Das stimmte, aber Menschenfrauen, die von Drachenwandlern besessen sind, könnten versuchen, diese Regeln zu brechen, und damit wollte er sich nicht herumschlagen. *Ganz abgesehen davon gefällt es mir nicht, von PineRock weg zu sein, selbst wenn es nur für einen Abend ist.*

In den letzten neun Monaten war in seinem Clan eine Menge passiert. Erst war ein Mensch gekommen, um mit ihnen zu leben, dann noch einer. Nicht nur hatte sich unter einer Handvoll seiner Clanmitglieder eine Meuterei zusammengebraut, es hatte auch mehr als einen Mordversuch gegeben. Und obwohl alle Verräter gefasst und bestraft worden waren, fürchtete Wes immer noch, sie könnten jemanden übersehen haben – jemanden, der es vielleicht erneut versuchen würde, die Menschen anzugreifen.

Menschen, die ihren Gefährten die Welt bedeuteten und die Herzen vieler seiner Clanmitglieder erobert hatten. Der Gedanke, dass sie gezwungen sein könnten, zu einem anderen Clan zu fliehen, um sicher zu sein, war unvorstellbar.

Sein Drache antwortete: *Wir haben ein vertrau-*

enswürdiges Team, das über sie und den Clan wacht. Ganz zu schweigen von den Gefährten der Menschen, die sie mit ihrem Leben beschützen werden. Eine Nacht kommen sie schon ohne dich aus.

Wes seufzte innerlich. *Du sagst das nur, weil du dich darauf freust, dass diese Leute auf uns bieten.*

Sein innerer Drache richtete sich in seinem Geist ein wenig höher auf. *Verdammt richtig. Wenn wir Glück haben, wird es eine Menschenfrau sein, die meine Sehnsucht stillen kann.*

Deine Sehnsucht nach Sex wird heute Abend nicht gestillt.

Man weiß nie. Es könnte passieren.

Eine Koordinatorin kam näher – eine ADDA-Mitarbeiterin, die er noch nie persönlich getroffen hatte, sondern nur aus Videokonferenzen kannte – kam auf ihn zu und unterbrach seine Antwort an seinen Drachen.

Das einzig Gute an diesem Abend bisher war, dass eine bestimmte ADDA-Mitarbeiterin nicht an der Wohltätigkeitsauktion beteiligt sein würde – eine Frau namens Ashley Swift.

Wäre sie hier, wüsste Wes nicht, ob er die Auktion durchziehen könnte. Immerhin war sie seine wahre Gefährtin. Nicht, dass er seine Schicksalsgefährtin jemals beanspruchen könnte, da sie für das ADDA arbeitete und Beziehungen zwischen deren Mitarbeitern und Drachenwandlern strikt verboten waren.

Und Wes' Clan brauchte seine Führung zu sehr,

als dass er alles für eine Frau wegwerfen könnte. Andere Anführer mochten bereit sein, für ihre wahre Gefährtin alles stehen und liegen zu lassen – aber er war für Hunderte verantwortlich. Das war wichtiger als seine eigenen egoistischen Wünsche.

Sein Drache dagegen kämpfte mit Zähnen und Klauen für sie.

Gott sei Dank war Ashley heute Abend nicht hier. Denn wenn sie da wäre, hätte sich sein Drache gegen jede andere Frau gewehrt, die sie gewinnen wollte.

Zum ersten Mal schien das Glück auf seiner Seite zu sein.

Die ADDA-Frau – Jennifer Sakamoto, wenn er sich richtig erinnerte – lächelte zu ihm auf, und er verdrängte alle Gedanken an Ashley.

Sie deutete zur Bühne. „Sie sind unser letztes Gebot für heute Abend und sind als Nächster dran. Haben Sie das Handy und die Liste mit Kontaktnummern, die wir Ihnen gegeben haben, falls irgendwas schiefgeht?"

Obwohl Wes ein Clanführer war, traute das ADDA keinem Drachenwandler in einer der Menschenstädte ganz. Nicht einmal in Reno, wo Touristen und abgedrehte Gestalten zum Stadtbild gehörten und seine Größe oder das auffällige Tattoo kaum jemanden störte.

Sein Drache schnaubte: *Bis unsere Pupillen als Schlitze aufblitzen.*

Wes ignorierte sein Tier und nickte. „Ich habe

beides, auch wenn ich hoffe, dass ich sie nicht brauchen werde."

„Gut. Denken Sie einfach daran, auf der Bühne zu lächeln und ganz ruhig zu bleiben, wir kümmern uns um den Rest." Jennifer hielt inne und fügte hinzu: „Nochmals danke, dass Sie das machen. Das Programm für verwaiste Drachen braucht dringend jede Spende, die wir sammeln können. Es werden immer mehr Halbdrachenbabys vor unseren Türen abgesetzt ..."

Das Programm für verwaiste Drachen half, Babys umzusiedeln, die vor den Türen des ADDA abgelegt wurden – meist von Menschen, die eine nicht genehmigte Affäre mit einem Drachenwandler gehabt hatten. „Natürlich. Und denken Sie daran, was ich vorhin gesagt habe – PineRock ist mehr als bereit, einige aufzunehmen."

Nachdem sie genickt hatte, drehte sich Jennifer um, und er folgte ihr zu seinem letzten Warteplatz am Rand der Bühne. Durch den Vorhang hörte er den Applaus abebben, und die Stimme des Moderators dröhnte aus den Lautsprechern: „Vielen Dank für Ihr großzügiges Gebot, Miss Johnson! Genießen Sie Ihren Abend mit dem gutaussehenden jungen Mann vom Clan StoneRiver." Er machte eine kurze Pause, um ihr zu erlauben, den Applaus zu genießen, dann fuhr er fort: „Nun, der nächste Mann für einen Abend in der Stadt ist ein ganz besonderer Gast. Haben Sie sich je gefragt, wie ein Drachenwandler-Clanführer so ist? Nun, Ladys und Gentlemen, hier ist ihre Chance! Begrüßen Sie mit mir unseren letzten Teilnehmer, Wes Dalton, den Anführer von Clan PineRock."

Wes holte tief Luft, trat auf die Bühne und versuchte, so überzeugend wie möglich zu lächeln. Das grelle Rampenlicht blendete ihn kurz, aber als sich alle setzten und der Applaus langsam verstummte, gewöhnten sich seine Augen daran, und er blinzelte angesichts des vollbesetzten Raums.

Er hatte gehört, wie beliebt die vom ADDA gesponserten Wohltätigkeitsauktionen für Waisenkinder waren, aber es mit eigenen Augen zu sehen, war etwas anderes, als nur davon zu hören. Es mussten zwischen zweihundert und dreihundert Menschen im Raum sein.

Die meisten hatten nummerierte Auktionspaddel in der Hand. Er fragte sich, wie viele für ihn bieten würden.

Sein Drache spreizte selbstbewusst die Flügel. *Die meisten. Wir sind der größte Fang des Abends.*

Als der Moderator die Auktion begann, bemerkte Wes eine Frau in der Menge, die eine nummerierte Karte hob. Er kannte diese Frau, mit ihren dunklen Haaren, die kunstvoll hochgesteckt waren, und den dunkelblauen Augen, die er nie vergessen würde.

Ihm stockte der Atem.

Bisher hatte er Ashley Swift nur in ihren zugeknöpften Blusen und Hosen gesehen, doch heute Abend trug sie ein figurbetontes, schwarzes Kleid, das mehr cremig-weiße Haut zeigte, als er je von ihr gesehen hatte.

Und sie starrte ihn direkt an, ihr Paddel in der Luft.

Sie bot auf ihn.

Sowohl Mann als auch Tier wollten brüllen, von der Bühne springen und direkt auf sie zustürmen.

Ashley, ihre Schicksalsgefährtin, sollte diejenige sein, die ihre Nacht ersteigerte. Nach so vielen Jahren, in denen er sich eingeschärft hatte, er könne sie nicht haben, rauschte ein überwältigendes Verlangen durch seinen Körper.

Sowohl Mann als auch Drache wollten Ashley für eine Nacht, selbst wenn das alles war, was er je haben würde.

Doch der Gedanke, dass jemand sie überbieten könnte, ließ ihn die Finger zu Fäusten ballen. Sie war so nah und doch immer noch unerreichbar.

Als die Gebote weiter stiegen, hörte er kaum auf die Beträge. Er konnte den Blick nicht von Ashleys Augen abwenden, die durch ihr Make-up noch strahlender wirkten.

Verdammt, sie war wunderschön. Und obwohl es verdammt gefährlich war, wünschte er sich nichts sehnlicher, als dass sie gewann.

Er hatte jedoch keine Kontrolle über die Situation, und das hasste er verdammt nochmal. Wes war es gewohnt, das Sagen zu haben, Entscheidungen zu treffen und die Geschicke seines gesamten Clans zu lenken.

Doch jetzt konnte er nichts anderes tun, als zu warten, und zu hoffen, dass Ashley das genauso sehr wollte wie er.

Er knirschte mit den Zähnen und gab sich größte Mühe, seine Emotionen im Griff zu behalten, während er darauf wartete, zu sehen, wer gewinnen würde.

Es war aus mehreren Gründen töricht für Ashley Swift, an dieser ADDA-Wohltätigkeitsauktion teilzunehmen. Der Saal war voller Drachenwandler und anderer ADDA-Mitarbeiter, mit denen sie außerhalb der Arbeitszeiten normalerweise nicht verkehren durfte. Jedes andere Jahr hatte sie widerstehen können und war zu Hause geblieben.

Aber diesmal nicht. Denn diesmal nahm jemand an der Auktion teil, den sie schon immer besser kennenlernen wollte. Seit sie Wes Dalton vor über drei Jahren kennengelernt hatte, fühlte sie sich gefährlich zu ihm hingezogen.

Nein, mehr als hingezogen. Wann immer sich ihre Blicke trafen, raste ihr Herz, und es kostete sie verdammt viel Mühe, einfach weiterzuatmen.

Und das, wenn sie sachlich über Vorschriften und Sicherheitsprotokolle sprachen. Sie würde wahrscheinlich in Flammen aufgehen, wenn sie jemals allein an einem privaten Ort wären.

Zugegeben, es hatte auch Nachteile, in seiner

Nähe zu sein. Er provozierte sie wie kein anderer, den sie kannte, und brachte sie mit nur wenigen Worten auf die Palme. Aber er war auch witzig und sein Clan war ihm extrem wichtig.

Genauso wichtig, wie ihr alle die Menschen und Drachen unter dem Schutz des ADDA waren.

Was bedeutete, dass keiner von ihnen je mehr tun durfte, als hier und da ein paar Minuten lang Sticheleien auszutauschen. Zumindest, bis sie endlich ein Hintertürchen gefunden hatte – die Wohltätigkeitsauktion.

Die Regeln und das Kleingedruckte erlaubten ADDA-Mitarbeitern ausdrücklich, zu bieten, da die Wohltätigkeitsorganisation unabhängig von ihrer Organisation registriert war. Außerdem wollte das ADDA so viel Geld wie möglich sammeln, um den verwaisten Drachenkindern zu helfen, und wollte potenzielle Spender nicht abweisen.

Also hatte Ashley beschlossen, ihre einzige Chance zu ergreifen, mit ihm allein zu sein, und auf Wes Dalton zu bieten. Da sie sonst nicht viel mehr tat als zu arbeiten oder zu lesen, hatte sie in den letzten zehn Jahren eine Menge Geld gespart. Und sie würde es gerne ausgeben, um eine großartige Sache zu unterstützen und so zu tun, als wäre sie nur eine normale Menschenfrau, die mit einem Drachen-mann ausgeht.

Keine Regeln, keine Einschränkungen, keine ADDA-Vertreterin. Für diesen einen Abend konnte sie einfach eine Frau sein.

Eine freie Frau, die vor sechs Monaten endlich diese Farce von einer Verlobung beendet hatte. Vielleicht konnte sie Wes nie wirklich haben, aber sie würde sich immer nach ihm sehnen. Kein anderer Mann kam auch nur annähernd an ihn heran.

Heute Abend musste reichen.

Als Wes endlich die Bühne betrat – ganz sexy in seinem Hemd und Blazer –, blieb ihr kurz der Atem weg.

Sie wusste, dass er wie die meisten Drachenwandler vom vielen Fliegen einen muskulösen Körper hatte. Aber verdammt, er sah wahnsinnig gut aus in Abendgarderobe. Dazu sein kastanienbraunes Haar, braune Augen und das markante Kinn, und jeder, der auf Männer stand, würde wahrscheinlich auch nach ihm sabbern.

Als Wes schließlich ihrem Blick begegnete, sah sie, wie seine Pupillen blitzten – selbst von ihrem Platz in der Mitte des Saals aus. Das taten sie oft in ihrer Gegenwart – was bedeutete, dass sein innerer Drache mit seiner menschlichen Hälfte sprach – und nicht zum ersten Mal fragte sie sich, worüber er mit seinem Drachen sprach. Ging es um sie? Oder darum, wie sehr er wollte, dass sie verschwindet, damit Wes sich auf seinen Clan konzentrieren und seine eigene wahre Gefährtin finden konnte?

Als Teenager hatte Ashley gehofft, die wahre Gefährtin eines Drachen zu sein. Aber je länger sie für das ADDA arbeitete, desto unwohler war ihr bei dem Gedanken, dass das wahr werden könnte.

Denn wenn es passierte, müsste sie ihren Job kündigen.

Und wer zum Teufel wäre sie dann? Arbeit war ihr Leben, und egal, wie sehr sie Bücher liebte, Lesen war nun wirklich nichts, womit man seinen Lebensunterhalt verdienen konnte.

Doch als Wes sie weiter anstarrte und den Blick nicht abwandte, vergaß sie all das und erschauerte.

Wes' Augen blitzten schneller.

Vielleicht konzentrierte er sich auf sie, weil er sie kannte. Ja, das musste es sein. Denn bei all ihren früheren Begegnungen hatte er sie nie so angesehen – mit einer Mischung aus Hitze und etwas, das sie nicht definieren konnte.

Ehrlich gesagt war das Fehlen der üblichen Gereiztheit in seinem Blick ein bisschen beunruhigend.

Die Stimme des Moderators hallte durch den Raum. Nachdem er Wes vorgestellt hatte, begann das Bieten.

Ashley hob ihr Paddel – genau wie mehrere andere Frauen im Saal. Als der Preis stieg, wurde ihre Konkurrenz weniger.

Als das Gebot zweitausend Dollar erreichte, waren nur noch sie und eine andere Frau übrig.

Nur zu, Lady. Ashley hatte die Nacht mit Wes schon vorher gewollt, doch nachdem er sie so glühend heiß angesehen hatte, würde sie ihn nicht kampflos aufgeben.

Das Gebot erreichte fünftausend Dollar, und die

andere Frau zögerte. Nach den letzten Aufrufen für weitere Gebote schlug der Moderator den kleinen Hammer auf das Rednerpult und sagte: „Und verkauft! Wir haben eine Gewinnerin! Nummer 203, kommen Sie zur Seite der Bühne, um Ihre Spende zu übergeben und Ihren Preis für den Abend in Empfang zu nehmen."

Ashley stand auf, griff nach ihrer Handtasche und ihre Jacke, riss den Blick von Wes los und ging zu dem kleinen Tisch auf der linken Seite der Bühne. Mit jedem Schritt, den sie machte, schlug ihr Herz schneller.

Wes Dalton gehörte ihr. Zumindest für eine Nacht gehörte er ihr.

Natürlich gab es Regeln und eine Menge Grenzen, die sie davon abhielten, etwas Dummes zu tun. Denn ohne diese Grenzen und die ständige Gefahr, ihren Job zu verlieren, hätte sie ihre Regel gegen One-Night-Stands längst über Bord geworfen und versucht, Wes zu verführen.

Nein. Das geht nicht, Ash. Niemand ist das wert. Für viele ihrer Kollegen war die Arbeit beim ADDA nur ein Job, um die Rechnungen zu bezahlen, und nicht mehr. Aber für Ashley war es eine Berufung. Sie wollte eine bessere Zukunft für Menschen und Drachenwandler. Und es gab noch so viele Veränderungen, die sie in die Wege leiten musste, Veränderungen, die Jahre brauchen würden, um sie zu verwirklichen.

Ein Abenteuer mit einem Drachenwandler war es nicht wert, all das aufs Spiel zu setzen.

Nein, heute Abend würde es darum gehen, mit Wes zu lachen und Spaß zu haben. Wenn überhaupt, könnte es ihrer Arbeitsbeziehung guttun. Ja, darauf musste sie sich konzentrieren.

Ashley trat an den Tisch, füllte ihren Scheck aus und nahm die Spendenquittung entgegen. Als sie fertig war, deutete die Frau, die ihr half, auf eine Seitentür. „Wenn Sie bereit sind – er wartet da drinnen auf Sie."

Sobald Ashley sich von der Frau abwandte, holte sie tief Luft und straffte ihre Schultern. Es war lange her, seit sie vor einem Drachenwandler den Kopf eingezogen hatte, und das würde sich auch heute Abend nicht ändern, nicht einmal bei Wes.

Sie würden Spaß haben, und Ashley konnte den Mann endlich aus ihrem Kopf bekommen, bevor sie sich wieder auf ihre Arbeit konzentrierte.

Genau, nur ein lustiger Abend, nichts weiter. Und wenn Wes mürrisch wurde, wie er es in der Vergangenheit oft getan hatte, würde sie ihn daran erinnern, dass sie einen unterhaltsamen Abend ersteigert hatte.

Beim Gedanken daran lächelte sie. Es schien, als wäre diesmal sie diejenige, die das Sagen hatte. Wes würde das hassen, was es umso unterhaltsamer machen würde.

Also ging Ashley auf die Tür und den Drachenmann zu, der auf der anderen Seite wartete.

Kapitel Zwei

Wes gab sich größte Mühe, nicht herumzuzappeln, während er darauf wartete, dass Ashley ihn für sich beanspruchte – was durch die Tatsache erschwert wurde, dass sein innerer Drache in ihrem gemeinsamen Geist auf und ab tigerte.

Hör auf damit, knurrte Wes. *Du tust so, als wäre das mehr als eine einmalige Sache, und das ist alles, was es sein kann, Drache.*

Aber es ist eine Nacht mit unserer wahren Gefährtin. Vielleicht hat sie uns aus gutem Grund gewonnen, und es gibt einen Weg, sie zu haben und trotzdem Clanführer zu bleiben.

Glaubst du, ich hätte nicht auch schon darüber nachgedacht?

Er hatte das schwindelerregende Kleingedruckte der ADDA-Regeln studiert – soweit er Zugang dazu hatte – und auch die Gesetze, die alle Drachenwandler in den USA betrafen. Doch auf eine Lösung war er nicht gestoßen. Er war jedoch kein Anwalt. Und das gab ihm einen Funken Hoffnung, dass es vielleicht etwas gab, das helfen könnte. Vielleicht nicht für ihn, aber für andere.

Sein Drache schnaubte. *Versuch nur, sie nicht absichtlich wütend zu machen oder zu verärgern. Ich will, dass diese Nacht anders wird, dass wir Eindruck bei ihr hinterlassen, damit sie vielleicht mit uns zusammen nach einem Schlupfloch sucht. Und so wahr mir Gott helfe: Wenn du es versaust, übernehme ich die Kontrolle.*

Wenn du das in einer Menschenstadt tust, werden wir zurück nach PineRock geschickt, bevor wir ein Wort sagen können, und dürfen jahrelang keine Menschenstadt oder -dorf mehr besuchen.

Es wäre es wert, wenn ich dadurch unsere wahre Gefährtin besser kennenlernen kann.

Während Wes überlegte, wie er darauf antworten sollte, bewegte sich der Türknauf, und die Tür ging auf, um die große, kurvige Gestalt von Ashley Swift zu enthüllen.

Aus der Ferne war sie schon schön gewesen. Doch als sie mit wiegenden Hüften auf ihn zukam und ihr köstlicher Duft aus Weiblichkeit und Vanille in seine Nase stieg, stockte ihm der Atem.

Dazu ihr hübsches, dunkles Haar, das sie heute kunstvoll hochgesteckt trug, und er wollte knurren, sie an sich reißen und festhalten.

Sein innerer Drache lachte. *Du willst sie genauso sehr wie ich.*

Sie blieb ein paar Schritte vor ihm stehen und suchte seinen Blick. Ihm gefiel, dass sie fast genauso groß war wie er. Das mochte für eine Menschenfrau groß sein – knapp eins achtzig –, aber für ihn perfekt.

Neugierig neigte sie den Kopf: „Was hat Ihr Drache gerade gesagt?"

Sein Drache knurrte erneut. *Sag ihr, dass ich ihr die Kleider vom Leib reißen und jeden köstlichen Zentimeter ihres Körpers ablecken will.*

Wes widerstand nur knapp dem Drang, sich zu räuspern. „Dass Sie heute Abend nett aussehen."

Ashley schnaubte. „Nur nett? Und ich wollte gerade sagen, dass Sie sexy aussehen, aber ich denke, ich kann es auch auf ‚nett' herunterschrauben."

Ihre vertraute Art brach den Bann und ließ den rationalen Teil seines Verstandes und seiner Zunge die Verbindung zueinander verlieren, als er sagte: „Ich dachte, zuzugeben, dass Sie gut genug aussehen, um Sie zu verschlingen, wäre eine schlechte Idee – auch wenn ich weiß, dass Sie Ehrlichkeit mögen."

Sie umklammerte ihre Handtasche fester, ihre Augen suchten die seinen.

Verdammt, er hatte wahrscheinlich das Falsche gesagt. Aber es war schwer, bei dieser Frau etwas anderes als er selbst zu sein.

Es würde eine verdammt lange Nacht werden.

„Ehrlich ist definitiv besser als ‚gut'." Sie deutete

auf den Ausgang. „Lassen Sie uns unseren Abend anfangen, oder? Ich dachte an eine Bar und vielleicht was total Ungewöhnliches wie Darts oder Billard."

Es lag ihm auf der Zunge, Sie daran zu erinnern, dass er laut Gesetz in einer Bar nicht mehr als einen Drink zu sich nehmen durfte, aber er hielt sich zurück. Ashley hatte ein kleines Vermögen für seine Gesellschaft bezahlt, und dieser Abend war für einen guten Zweck.

Er würde nett zu ihr sein, koste es, was es wolle.

Wes winkte sie vor. „Nach Ihnen."

Sie hob eine Augenbraue. „Ich bin mir nicht sicher, wie ich damit umgehen soll, dass Sie auf einmal so nett zu mir sind. Machen Sie weiter so, und ich muss extra hart arbeiten, um Sie zu provozieren, bis ich den Mann hervorlocke, mit dem ich den Abend verbringen will."

Ashley wollte Sticheleien?

Als sie vor ihm ging, schob er diesen Gedanken schnell beiseite und nutzte die Gelegenheit, ihren Po und ihre Hüften zu betrachten, während niemand sonst in der Nähe war.

Sein Drache platzte mit einem Gedanken heraus, sie von hinten zu nehmen, aber Wes ignorierte ihn. Es gab Grenzen.

Also fragte er sie: „Also wäre es Ihnen lieber, dass ich ein Mistkerl bin und einen Streit anfange?"

Sie blickte über ihre Schulter, und in genau diesem Moment löste sich eine Haarsträhne aus ihrer

23

Hochsteckfrisur und fiel auf die nackte Haut ihrer Schulter. Verdammt, er fragte sich, was weicher war – ihr Haar oder ihre Haut.

Mit hochgezogenen Augenbrauen antwortete Ashley: „Ich habe Sie vielleicht schonmal einen Mistkerl genannt, aber in Wirklichkeit sind Sie keiner, Wes. Seien Sie einfach Sie selbst und wagen Sie es nicht, ausgerechnet heute Abend einen Eiertanz aufzuführen. Und wenn wir schon davon sprechen, was mir lieber wäre – wie wäre es, wenn wir uns duzen, zumindest für heute Abend?"

Er grunzte, unsicher, wie er das Kompliment aufnehmen sollte. „Sie sind eine starke Frau, die sich zu behaupten weiß. Ich werde Sie sicher nicht wie eine Porzellanpuppe behandeln. Und was das Duzen angeht – sind Sie sicher?"

Sie lächelte, wandte sich aber schnell von ihm ab, um nach der Tür zu greifen. Der plötzliche Verlust ihres Blickkontakts schmerzte mehr, als ihm lieb war.

Er unterdrückte ein Seufzen. Ja, es würde eine wirklich verdammt lange Nacht werden.

Kaum hatte Ashley die Tür geöffnet, schlug ihnen der Lärm des Casinobereichs entgegen – altmodische Spielautomaten klirrten, Rouletteräder schwirrten und diverse schrille Melodien kündigten Gewinne an.

Dazu das Stimmengewirr und die Musik, die aus irgendeiner Ecke dröhnte, und er hätte sich am liebsten die Ohren zugehalten.

Es erinnerte Wes daran, warum er sich von Reno

fernhielt. Drachenwandler hatten extrem empfind-
liche Sinne, und dieser Lärm war einfach zu viel.

Ashley blieb direkt an der Tür stehen und drehte
sich zu ihm um. Trotz all der Menschen-, Essens-
und anderer Gerüche, die er nicht näher analysieren
wollte, hüllte ihn ihr Duft ein und ließ seinen
Schwanz hart werden. Gott sei Dank verdeckte sein
Blazer das weitgehend.

Sie sprach leise, da sie wusste, dass er sie trotz
des Lärms hören würde. „Wie wäre es, wenn wir für
heute Abend die Clan- und ADDA-Politik vergessen? Einfach so tun, als wären wir auf unserem
ersten Date."

Obwohl sein Drache begeistert zustimmte, fragte
Wes: „Ist das klug?"

Sie verdrehte die Augen. „Was dann? Sollen wir
tun, als wären wir zwei Kumpels, die in der Stadt
unterwegs sind? Das könnte ein bisschen schwierig
werden, da ich mich weigere, deinen Wingman zu
spielen, damit du irgendeine Menschenfrau
abschleppen kannst."

Er hätte schwören können, dass Eifersucht in
ihrer Stimme mitschwang, aber er wagte nicht, das zu
hoffen. „Als Clanführer habe ich keine Freizeit.
Sobald mein Abend mit dir vorbei ist, gehe ich direkt
zurück nach PineRock. Ich habe kein Interesse
daran, nach einer Frau zu suchen. Meistens ist das
reine Zeitverschwendung."

Wes zuckte innerlich zusammen. Ja, Frauen, die
nur eine Nacht mit ihm wollten, weil er Clanführer

war, hatten ihn bisher enttäuscht. Aber das hätte er Ashley nicht so sagen sollen. Er freute sich tatsächlich darauf, Zeit mit ihr zu verbringen.

„Wahnsinnig charmant", spöttelte sie. „Frauen sind also Zeitverschwendung. Du bist nicht gerade ein Meister im Umgang mit Worten, wenn es um was anderes als Clanpolitik geht, oder?"

Du versaust das, kommentierte sein Drache.

Glaubst du, ich weiß das nicht? Auch wenn es keine Rolle spielen sollte.

Ashley legte eine Hand auf seinen Arm, und trotz Hemd und Blazer versengte ihre Berührung seine Haut.

Und für ein paar Sekunden starrten sie einander an und alles andere verblasste, bis er nur noch ihre Atemzüge und ihren Herzschlag hörte.

Was würde er nicht dafür geben, sie nur einmal zu küssen und zu sehen, ob sie seinen Fantasien gerecht wurde.

Aber da ein Kuss auf ihre Lippen den Gefährtenrausch auslösen würde – einen ununterbrochenen Sex-Marathon, der andauerte, bis sie schwanger war –, war selbst ein spielerischer Kuss tabu.

Wes trat schließlich einen Schritt zurück und löste sanft ihre Hand von seinem Arm. „Sag mir einfach, wohin du willst, und ich versuche, Spaß zu haben."

Ashley verdrehte die Augen. „Na gut, Mr. Pflichtbewusst. Da ist eine Bar in der Nähe, in der Drachenwandler willkommen sind."

Er verzog kaum merklich das Gesicht. Dort würde man ihn nur einen Drink lang dulden, bevor er wieder vor die Tür gesetzt wurde.

So waren die verdammten Regeln, nach denen Drachenwandler in den USA leben mussten.

Er deutete nach vorn und bemühte sich, nicht wieder ein Arsch zu sein. „Dann nach dir, Mylady."

Doch anstatt zu gehen, ergriff sie seine Hand. „Da ich weiß, wo wir hingehen, komm mit. Und lass bloß nicht los. Ich will nicht, dass eine der unterlegenen Bieterinnen plötzlich aufkreuzt und versucht, dich mir wegzuschnappen."

Ihre Haut an seiner ließ ihn summen – Mann und Drache gleichermaßen. Natürlich spielte er mit dem Feuer. Aber um seine Finger von ihr zu lösen, hätte jemand ihm die Hand abhacken müssen. „Ich lasse dich nicht los. Reicht dir mein Wort, oder soll ich ein Pfadfinderehrenwort schwören?"

„Ein Pfadfinderehrenwort ist wohl kaum eines Clanführers würdig", schnaubte sie trocken, bevor sie ihn aus dem Casino und die Straße hinunter führte. Die ganze Zeit fragte sich Wes, ob sie dieses Händchenhalten nur annähernd dieselbe Wirkung auf sie hatte wie auf ihn.

Sein Ständer würde jedenfalls in absehbarer Zeit nicht verschwinden.

Sich auch nur für ein paar Stunden in der Nähe dieser Frau zusammenzureißen, würde schwieriger sein als jede Prüfung, die er als Clanführer je bestehen musste.

Ashley versuchte, das Händchenhalten gelassen aussehen zu lassen, doch Funken rasten ihren Arm hinunter und landeten zwischen ihren Schenkeln.

Es war schon peinlich genug, dass er wahrscheinlich ihre Erregung riechen konnte – verdammte Drachen und ihre Supernasen –, aber es machte ihr auch klar, wie sehr sie sich zu ihm hingezogen fühlte.

Gefährlich hingezogen.

Und jetzt hatte sie auch noch vorgeschlagen, Alkohol ins Spiel zu bringen? Ashley würde vorsichtig sein müssen, oder sie könnte am Ende etwas extrem Dummes tun.

Sie erreichten die Bar ihrer Wahl, *Deuces Wild*, und sie ließ widerwillig seine Hand los, um hineinzugehen.

In dem Moment, als sie den warmen Raum voller Musik und Unterhaltungen betrat, wandten sich einige Köpfe zu ihr. Doch ihre Blicke wanderten schnell zu Wes, und viele wurden misstrauisch.

Ein Seitenblick bestätigte ihr, dass er schon die vorgeschriebene Anstecknadel mit dem orangefarbenen Drachen mit ausgebreiteten Flügeln an seinem Revers angebracht hatte, die er in menschlichen Etablissements und bei Treffen, die nicht vom ADDA organisiert waren, tragen musste.

Ashley hasste dieses grelle Symbol auf dem dunklen Stoff seines Blazers und wünschte, sie könnte es in den Müll werfen.

Aber die wahre Identität eines Drachenwandlers zu verbergen, war gegen das Gesetz, und sie wollte nicht, dass Wes im Gefängnis landete. Denn selbst, wenn er es schaffen konnte, zu verhindern, dass seine Augen zu Schlitzen blitzten, um seine Identität zu verbergen, hatte der Besitzer der Bar einen Drachen-wandler als Teilzeit-Sicherheitsmann, der unauffällig in der Ecke saß und es bemerken würde.

Sie deutete mit dem Kopf zur Bar. Der Grund, warum sie diesen Laden ausgewählt hatte, war, dass sie die Besitzerin und die meisten Barkeeper kannte. Immerhin war sie diejenige gewesen, die Natasha überzeugt hatte, ihre Türen für Drachen-Gäste zu öffnen, und sogar geholfen, die Teilzeitstelle für den Drachen-Sicherheitsmann genehmigen zu lassen.

Und wie es der Zufall wollte, war Natasha heute Abend hinter der Bar. Die Frau mit brauner Haut und von blauen Strähnen durchzogenem schwarzem Haar lächelte ihr zu: „Wenn ich mir deine Fick-mich-High-Heels und das Kleid so ansehe, glaube ich nicht, dass du heute Abend geschäftlich hier bist, oder, Ash?"

Natashas Blick wanderte erneut zu Wes, während Ashley den Impuls unterdrückte, ihren Rock glattzustreichen. Wenn Wes das enge schwarze Kleid bemerkt hatte, hatte er sich jedenfalls nicht dazu geäußert. Sie antwortete: „Nicht geschäftlich heute Abend, aber es ist auch nicht das, was du denkst, Tasha." Sie deutete auf Wes. „Ich habe ihn bei der Drachenwaisen-Auktion ersteigert und bin hergekommen, um ein paar Stunden Spaß zu haben."

Natasha musterte Wes und lächelte langsam, was Ashley dazu brachte, ihre Handtasche fester zu umklammern, um ihre Arme an Ort und Stelle zu halten. Sonst könnte sie versuchen, sich bei ihm unterzuhaken, um zu signalisieren, dass Wes tabu war.

Obwohl das genau genommen so nicht stimmte.

„Willkommen, Drachenmann", sagte die Barbesitzerin. „Solange du die Regeln nicht brichst, kommen wir super klar. Was wollt ihr zwei trinken?"

Wes sah zu Ashley hinüber. „Was trinkst du?"

Wenn Ashley auf Nummer sicher gehen wollte, würde sie ein alkoholfreies Bier bestellen. Aber scheiß drauf, dies war ein besonderer Abend. Also sagte sie: „Long Island Iced Tea, extra stark."

Natasha schnaubte. „Vorsicht, der lässt sogar Linebacker wanken."

Ashley zuckte mit den Schultern. „Die nächsten paar Tage habe ich frei. Also, was soll's?" Sie blickte zurück zu Wes. „Du?"

„Whiskey. Pur."

Ja, sie konnte sich gut vorstellen, wie er allein Whiskey nippte, um die Anspannung seines stressigen Jobs zu lindern.

„Alles klar", sagte Natasha und drehte sich um, um die Drinks zu machen.

Ashleys Blick fiel auf Wes' Lippen. Sie fragte

sich, wie die Kombination aus Mann und Whiskey schmecken würde.

Wes räusperte sich. „Vorsicht, Ashley. Du flehst mich praktisch an, jede Regel zu brechen und dich zu küssen."

Sie begegnete erneut seinem Blick – doch statt Belustigung blitzten seine Pupillen zwischen rund und geschlitzt hin und her und Hitze loderte in seinen Augen.

Verdammt, hatten all seine Sticheleien und Provokationen über die Jahre etwas ganz anderes verborgen?

Natasha stellte die Drinks ab, und Ashley schüttelte den Kopf, um diese Gedanken zu vertreiben. Sie holte ihr Geld aus der Tasche und bezahlte die Getränke.

Wes knurrte: „Ich kann für mich selbst bezahlen."

„Nicht heute Abend." Sie beugte sich vor, nahm ihren Drink und flüsterte nur für seine Ohren: „Heute Abend bist du mein Date, also zahle ich."

„Ich habe da kein Mitspracherecht, oder?"

Sie lächelte. „Nein. Du weißt, wie stur ich sein kann."

„Besser als jeder andere", schnaubte er.

Sie lachte und deutete auf sein Glas. „Nun, du wirst gleich noch eine andere Seite von mir kennenlernen – meinen Wettbewerbsgeist. Billard oder Darts? Du entscheidest."

Wes nahm sein Glas von der Bar. „Worin bist du besser?"

„Darts."

„Dann Darts." Er beugte sich näher und sein Duft drang in ihre Nase. „Weil es dann umso süßer sein wird, wenn ich gewinne."

Die Worte beschworen ein weiteres Bild herauf, eines, in dem er die Kontrolle gewann, während sie nackt unter ihm lag.

Ashley presste ihre Beine fester zusammen, in der Hoffnung, dass er bemerkte, wie verdammt sexy das für sie war.

Doch dann blitzten seine Pupillen schneller, und sie wusste, dass er sie gerochen hatte.

Also trank sie einen Schluck von ihrem Drink und ging auf den Bereich mit den Dartscheiben an der hinteren Wand zu.

Ohne es zu forcieren, schwangen ihre Hüften ein bisschen mehr als sonst, und sie konnte Wes' Blick auf ihrem Po spüren.

Vernünftig wäre es gewesen, beim Darts zu gewinnen, den Drink auszutrinken und den Abend früh zu beenden.

Aber mit jedem weiteren Schluck ihres viel zu starken Cocktails wurde ihr klarer, dass das nicht passieren würde. Sie wollte jede Minute ihrer einzigen Nacht mit Wes Dalton auskosten.

Und falls sie ihn an einen privateren Ort bringen könnte, gäbe es ein paar Dinge, die sie ausprobieren könnten, ohne die im ADDA-Leitfaden festgelegten Regeln ganz zu brechen.

Aber Wes würde dem nie zustimmen, wenn er sich nicht entspannte. Ein Drink würde bei seinem schnellen Drachenstoffwechsel nichts bewirken. Was bedeutete, dass sie es auf andere Weise versuchen musste.

Und damit begann ihre neueste Herausforderung.

Kapitel Drei

Wes beobachtete, wie Ashleys Hüften schwangen, während sie vorausging. Sein Drache knurrte und tigerte in seinem Kopf auf und ab.

Sie lädt uns ein, sie zu beanspruchen. Siehst du das nicht?

Nur weil sie sich zu uns hingezogen fühlt, heißt das nicht, dass sie ihr ganzes Leben wegwerfen wird, um mit uns zu schlafen.

Dann bring sie weg von hier. Wenn wir zu einem unserer geheimen Orte fliegen, wird niemand mitbekommen, was wir da machen. Und ja, wir können sie nicht auf den Mund küssen, aber es gibt jede Menge anderer Dinge, die wir tun können. Wie den süßen Honig zwischen ihren Schenkeln zu lecken.

Er schluckte ein Stöhnen herunter. *Führe mich nicht in Versuchung, Drache.*

Denk zumindest darüber nach. Strafen gibt es nur für die, die erwischt werden.

Und verdammt, sie wussten beide, dass es Drachen und Menschen gab, die Wege fanden, sich heimlich davonzustehlen, und nie erwischt worden waren.

Nicht, dass ein Clanführer das je riskieren sollte.

Wes ignorierte sein Tier und ging schneller. Auf dem Weg zu den Dartscheiben entdeckte er endlich den Drachenwandler, den er gewittert hatte. Er kannte den Mann nicht. Aber selbst ohne den vorgeschriebenen orangefarbenen Drachenanstecker auf seinem Hemd – den er tatsächlich trug – hätten ihn die breiten Schultern und das kurze Aufblitzen seiner Augen verraten.

Wes nickte, und der Mann grüßte zurück, bevor er seinen Blick wieder zur Bar richtete.

Er prägte sich das Gesicht ein – schließlich wollte er genau wissen, wer hier arbeitete, da einige Angehörige seines Clans in diese Bar kamen – und ging zu Ashley, die an einem runden Stehtisch unweit der Dartscheiben wartete. Menschen zogen sich aus dem Bereich zurück, doch er schenkte ihnen keine Beachtung. Für ihn zählte nur die Frau ihm gegenüber. „Also, wer fängt an, und mit welcher Punktzahl spielen wir?"

Ashley hob eine Augenbraue. „Ich hätte nicht gedacht, dass du Darts spielst, geschweige denn die Regeln kennst."

„Warum? Weil ich Clanführer bin?" Er lehnte

sich vor, stützte einen Ellbogen auf den Tisch und brachte sein Gesicht näher an Ashleys. „Lass mich dich in ein Geheimnis einweihen: Ich war nicht immer Clanführer. Und wie die meisten Männer konnte ich es nicht erwarten, meine erste Menschenbar zu besuchen, sobald ich einundzwanzig war."

Sie lehnte sich ein winziges Stück näher, und es kostete ihn all seine Selbstbeherrschung, nicht auf ihr Dekolleté zu starren. „Und wie ist das gelaufen?"

Er lächelte schief. „Nicht so toll, wie ich mir erhofft hatte. Ich wurde beim Billard abgezogen, habe aus Frust den Rest meines Drinks runtergekippt, und sie haben mich prompt vor die Tür gesetzt."

Ashley lachte, und allein dieser Klang machte sie für Mann und Tier noch unwiderstehlicher. „Irgendwie schwer vorstellbar, dass irgendjemand dich auf die Straße setzt."

„Sagen wir einfach, es ist nicht nochmal passiert."

Sie schnalzte mit der Zunge, und sein Blick wanderte zu ihren vollen Lippen. Er konnte die Augen nicht abwenden, als sie sagte: „Kein Arbeitskram, schon vergessen?"

Er starrte weiter, und Ashley biss sich auf die Unterlippe. Verdammt, er hatte davon geträumt, dasselbe mit seinen Zähnen zu tun.

Sein Drache meldete sich wieder. *Wenn du endlich den Mut zusammenkratzen könntest, ihr zu sagen, dass sie unsere wahre Gefährtin ist, könnte das alles passieren.*

Nein, kann es nicht.

Als hätte er sich verbrannt, richtete sich Wes auf und wandte sich dem Darts-Bereich zu. „Punkte?"

Ashley seufzte. „Manchmal bekomme ich ein Schleudertrauma von deinen Themenwechseln."

Da er kaum sagen konnte „Hey, ich will dich küssen und dich dann um den Verstand ficken, immer wieder, abwechselnd mit meinem Drachen, bis du schwanger bist und meinen Geruch trägst. Wie wär's?", räusperte sich Wes stattdessen. „Ich kann's nur erwarten, dich zu schlagen, das ist alles. Du hast mit den ADDA-Regeln meistens die Oberhand, aber hier kann ich gewinnen."

„Oh, dann hat das Imponiergehabe also begonnen." Sie zog die Schultern zurück, und er musste den Blick heben, um nicht direkt in ihr Dekolleté zu starren. „Los geht's, Drachenmann. Denn ich kann diesen Wettkampf genauso gewinnen."

Wes' Mundwinkel zuckten. „Dann beeil dich mit den Regeln, Missy, damit wir das hinter uns bringen."

„Missy, was? Na gut, Bürschchen, lass uns beim ersten Mal von 301 spielen, zum Aufwärmen. Ich lasse dich sogar zuerst werfen."

Normalerweise hätte er darauf bestanden, dass sie anfängt. Aber wenn sie ihn so herausfordern wollte, dann würde er sie wirklich auf die Probe stellen – ohne Zurückhaltung. Er nahm seine Darts aus dem Becher auf dem Tisch, ging zur Wurfzone und richtete sich aus.

Obwohl er sofort werfen könnte, ließ er sich ein paar Sekunden Zeit, sich Ashleys Blick in seinem Rücken mehr als bewusst.

Als sein Blut nach Süden schoss, fasste Wes einen Entschluss: Er würde so schnell wie möglich gewinnen. Nicht, weil es ums Spiel ging – sondern weil er sie danach an einen privaten Ort bringen wollte. Nein, er konnte sie nicht küssen oder riskieren, seinen Schwanz in sie zu stoßen, aber es gab andere Dinge, die er mit ihr tun konnte, um seine Neugier wenigstens ein bisschen zu stillen.

Denn heute Nacht war alles, was er je mit seiner wahren Gefährtin haben würde. Und für ein paar Stunden wollte Wes einfach ein Mann sein und kein Clanführer.

Er ignorierte das Brüllen seines Drachens, warf den Dart und schmunzelte, als er genau ins Zentrum traf. Er blickte über die Schulter und sagte grinsend: „Jetzt bin ich bei 251.“

Ashley starrte ihn fassungslos an, und er lachte.

Wenn nicht die Aussicht wäre, bald mit ihr allein zu sein, würde er sie endlos aufziehen und sticheln.

Doch er wollte mit seiner wahren Gefährtin allein sein. Also richtete Wes sich für den nächsten Wurf aus und traf erneut ins Schwarze.

Ashley wusste, dass sie sich mental auf ihre Würfe vorbereiten sollte, aber wie sollte sie den über eins neunzig großen, muskulösen Drachenmann vor ihr ignorieren? Er war Sex pur. Als Wes seinen ersten Dart warf, spannten sich seine Muskeln unter seiner Kleidung. Obwohl sie ihn noch nie ohne Hemd gesehen hatte, hatte ihre Fantasie keine Probleme, es sich vorzustellen.

Verdammt, sie wollte eine Nacht mit Wes. Und zwar nicht nur für Darts und Drinks.

Hör auf, Ash. Eine solche Nacht kann deine Karriere zerstören.

Während der Gedanke ihre Hormone ein wenig abkühlte, machte der Alkohol in ihren Adern das jedoch schnell wieder wett.

Einen starken Drink zu bestellen war ihr erster Fehler gewesen. Und wenn es so weiterginge, wäre es nicht ihr letzter.

Nach seinem ersten Volltreffer achtete sie kaum auf die Würfe und beobachtete, wie er den Dart mit spielerischer Leichtigkeit warf. Wes drehte sich schließlich zu ihr um, ein triumphierender Glanz in seinen Augen. Erst da sah sie an ihm vorbei zur Dartscheibe und stöhnte. „Drei Volltreffer hintereinander? Wie ist das überhaupt möglich?"

„Mit meinen überlegenen Augen und Reflexen hast du keine Chance, Mensch."

Ashley richtete sich auf, zog ihren Rock zurecht und versuchte, Wes' blitzende Pupillen zu ignorieren. Sollte er sie ruhig bemerken. Vielleicht, wenn sie es genug ausspielte, würde er die Konzentration verlieren und ein paar miese Würfe haben.

Sie antwortete: „Die Nacht ist noch jung."

Als sie an ihm vorbeiging, streifte ihr Arm seinen, und sie sog fast scharf die Luft ein. Gott sei Dank konnten Drachenwandler keine Gedanken lesen, denn dann wüsste er, dass sie, sobald er sein Hemd ausziehen würde, verdammt nochmal nicht mehr in der Lage wäre, sich zu konzentrieren.

Mit ihren Darts in der Hand stellte sie sich für ihren Wurf auf. Nein, sie hatte keine Superhelden-Sinne, aber sie hatte gelernt, sich beim Darts so gut zu schlagen, um gegen einige der alten Haudegen im American Department of Dragon Affairs zu gewinnen.

Als ihr Dart genau in der Mitte landete, hätte sie fast vor Freude gehüpft, entschied aber, dass ihre Absätze nicht stabil genug dafür waren. Definitiv einer der Nachteile von sexy Schuhwerk.

Gerade als sie ihren nächsten Dart hob, tanzte eine leichte Berührung ihren anderen Arm hinunter. Elektrizität knisterte von ihrer Haut und endete zwischen ihren Schenkeln.

Ashley ließ den Dart fallen, und er klapperte zu Boden.

Ein männliches Lachen erklang dicht an ihrem Ohr. „Du hast nicht gesagt, dass wir nicht schmutzig spielen dürfen."

Wes.

Sie drehte den Kopf, um seinem Blick zu begegnen, und ihr Herz setzte einen Schlag aus. Das entspannte Lächeln und der Humor in seinen Augen verwandelten sein normalerweise attraktives Gesicht in das eines Filmstars. „Wer bist du, und was hast du mit Wes Dalton gemacht?"

Er lehnte sich näher, sein heißer Atem strich über ihre Wange, als er antwortete: „Wes, der Mann, ist hier, der Clanführer macht allerdings einen sehr, sehr kurzen Urlaub. Vielleicht nur für ein oder zwei Stunden." Er fuhr mit seinem Finger erneut ihren Arm hinunter, und diesmal erschauerte sie bei seiner warmen, leicht rauen Berührung. „Vielleicht sollten wir das ausnutzen."

Sie blinzelte und lachte dann. „Versuchst du, sexy zu sein oder sowas? Denn das bist so gar nicht du."

Er runzelte die Stirn. „Wovon zum Teufel sprichst du?"

Sie senkte ihre Stimme, um ihn nachzuahmen. „Vielleicht sollten wir das ausnutzen. Komm schon, Baby, lass uns Spaß haben." Er öffnete den Mund, um zu protestieren, aber Ashley kam ihm zuvor, ihre Stimme wieder ihre eigene. „Lass mich dich was fragen – willst du wissen, warum ich für dich geboten habe und entschlossen war, dich zu ersteigern?"

Seine Stirn glättete sich. „Warum?"

Sie flüsterte nur für seine Ohren: „Weil ich weiß, dass wir, wenn du ein normaler Mann wärst und ich eine normale Frau, schon miteinander geschlafen hätten. Vielleicht sogar zusammen wären. Aber da das verboten ist – ganz zu schweigen davon, dass wir beide eine Menge zu verlieren haben – war das alles, was ich tun konnte. Eine Nacht Spaß, bevor wir wieder zu Diskussionen über Politik und Berichte zurückkehren." Sie wagte es, eine Hand auf seine Brust zu legen. „Also sei einfach du selbst heute Abend, Wes. Du musst mich nicht beeindrucken oder so tun, als wärst du jemand, den ich will, okay?"

Nun, der Alkohol hatte wohl seine Wirkung getan. Die Wahrheit war raus.

Nun suchte Ashley seinen Blick und wartete auf seine Reaktion.

Wes schaffte es irgendwie, die Forderungen seines Drachen auszublenden, sobald Ashley ihre Wahrheit ausgesprochen hatte – wenn sie ihn hätte haben können, hätte sie es getan.

Warum musste sie das sagen? Es würde es so viel schwerer machen, von ihr fernzubleiben und sie nicht zu küssen. Sie wollte ihn, und er wollte sie verdammt nochmal auch.

Sein Drache malte sofort Bilder in seinem Kopf: beide nackt, im Bett miteinander verschlungen, sein harter Stoß, während er gleichzeitig Ashleys Mund in Besitz nahm.

Sein ohnehin schon harter Schwanz wurde zu Stein.

Aber diesmal sagte er seinem Drachen nicht, er solle aufhören.

Aus Angst, dass Ashley sich zurückziehen würde, sobald die Tragweite ihrer Worte sie traf, legte er seine Hand über ihre und beschloss: Was soll's, er würde auch ehrlich sein. „Ich habe auch eine Wahrheit, wenn du sie hören willst. Aber sei gewarnt – sie wird alles ändern."

Sie neigte den Kopf, ein paar Strähnen ihres dunklen Haars fielen über ihre Schulter. Alles in ihm wollte sich vorbeugen, die Haare wegpusten und seine Lippen genau dort auf ihre Haut pressen.

Ihre heisere Stimme rollte über ihn, als sie sagte: „Sag es mir, Wes. Damit ich mich nicht wie eine Idiotin fühle, weil ich ausgeplaudert habe, dass ich mir uns nackt zusammen vorgestellt habe."

Okay, das hatte sie nicht genau so gesagt. Weitere Bilder stiegen in seinem Kopf auf – Wes, der sie von hinten nahm, gegen eine Wand, unter der Dusche ...

Und sie wäre auch nicht brav und gefügig, nur weil er Clanführer war. Nein, seine Menschenfrau würde genauso wild sein wie er und sich nicht zurückhalten. Ein Teil von ihm wollte, dass sie seine Haut kratzte und Spuren hinterließ, die ihn daran erinnern würden, dass sie in seinem Bett gewesen war.

Und einfach so lösten sich all die Jahre, in denen er versucht hatte, zu ignorieren, wie sehr er sie wollte, in Wohlgefallen auf.

Sein Drache knurrte. *Sag es ihr und überzeug' sie*

43

dann, dass sie uns gehört – zum Beschützen, zum Halten, zum Ficken und so viel mehr.

Wir können nicht so weit gehen.

Warum nicht? Ich wette, sie kennt einen Weg drumherum.

Vielleicht, aber lass uns das Schritt für Schritt angehen.

Bevor Wes die Nerven verlieren konnte, beugte er sich näher und murmelte: „Du bist meine wahre Gefährtin, Ashley Swift. Wenn es irgendeinen Weg gäbe, dich zu haben, ohne dass wir beide das aufgeben müssen, was uns am meisten bedeutet, wären wir jetzt zu Hause mit deutlich weniger Stoff zwischen uns."

Ihr Atem stockte, als ihre Nägel in sein Hemd gruben.

Was würde er nicht dafür geben, diese Nägel über seinen Rücken kratzen zu spüren.

Verdammt, seine Selbstbeherrschung bröckelte.

Ashley antwortete, bevor er auch nur anfangen konnte, sich zusammenzureißen. „Ich dachte, Drachen könnten ihren wahren Gefährten nicht widerstehen."

„Viele können das nicht, aber ich bin nicht wie die meisten Männer, Ashley." Er bewegte sich zu ihrem Ohr. „Obwohl ... als du gesagt hast, dass du mit mir schlafen und mich vielleicht sogar daten würdest, ist ein Stück meiner Kontrolle zerbrochen. Also sag mir – wie geht's weiter? Gibt es einen Weg für uns, zusammen zu sein, von dem ich nichts weiß?

Willst du mich nie wiedersehen und lässt dich nach Florida versetzen? Sag mir, was du willst, damit ich anfangen kann, zu planen."

Sein Drache brummte zustimmend, aber alles, woran Wes denken konnte, war, ob er gerade alles vermasselt hatte. ADDA-Mitarbeiter und Drachenwandler konnten einfach nicht zusammen sein. Genau deshalb gab es Regeln.

Doch er hatte die Worte gesagt – und er würde sie verdammt nochmal nicht zurücknehmen.

Was auch immer Ashley in der nächsten Minute oder so sagen würde, würde seine Zukunft bestimmen.

Kapitel Vier

A shley wusste, dass ihr Herz so laut pochte, dass jeder Drachenwandler im Umkreis von einer Meile es hören konnte.

Sicher, sie hatte vermutet, dass Wes sich zu ihr hingezogen fühlte – vor allem nach diesen heißen Blicken heute Abend. Aber dass sie wirklich seine wahre Gefährtin war, hätte sie nie gedacht.

Laut jedem ADDA-Bericht, den sie gelesen hatte, fiel es Drachenwandlern schwer, sich von ihrem Schicksalsgefährten oder ihrer Schicksalsgefährtin fernzuhalten. Und sogar die Starken hielten Abstand, weil schon eine einzige Berührung das Verlangen ihres Drachen nach Sex entfesseln konnte. Sie hatte verdammt nochmal nie von einem gehört, der seiner wahren Gefährtin so nahe sein und die Kontrolle so fest im Griff behalten konnte.

Und doch hatte Wes seine Hand auf ihrer, seinen Mund an ihrem Ohr, und war alles andere als am Rande eines Gefährtenrauschs oder des verzweifelten Bedürfnisses, sie zu ficken, bis sie schwanger war.

Sie hatte gewusst, dass er stark war, aber er erwies sich als weitaus stärker, als sie es je geahnt hatte.

Wie gern würde sie einfach sagen: „Ja! Bring mich sofort nach Hause und nimm mich."

Allerdings würde das das Ende ihres Jobs bei den vier Drachenclans im Tahoe-Gebiet bedeuten. Vielleicht wäre das für manche keine große Sache, aber Ashley hatte in den letzten Jahren eine Menge Veränderungen angestoßen.

Konnte sie das wirklich aufgeben und die Drachen quasi sich selbst überlassen?

Etwas nagte am Rande ihres Bewusstseins – etwas über besondere Ausnahmen für Clanführer mit gutem Ruf. Doch bevor sie intensiver darüber nachdenken konnte, geschweige denn Wes antworten, rissen zwei unbekannte Männerstimmen sie zurück in die Realität. „Weg von der Frau, dreckiger Drache. Die arme Lady wird jetzt fünfmal duschen müssen, nur um deinen Gestank loszuwerden."

Wes zog sich langsam von ihr zurück, doch bevor er etwas erwidern konnte, richtete sich Ashley auf und legte eine Hand auf seinen Arm.

Die beiden Männer waren vielleicht Ende dreißig, Anfang vierzig und unauffällig – durchschnittliche Größe, Bauchansatz, gekleidet in Jeans und T-Shirts. Doch es waren die identischen Tattoos auf ihren Handrücken, die Ashleys Alarmglocken schrillen ließen. Das Symbol war in ihr Gedächtnis eingebrannt aus den frühesten Tagen ihrer ADDA-Ausbildung: ein Adler, der ein Gewehr in einer Klaue und eine amerikanische Flagge in der anderen hielt.

Scheiße. Sie gehörten zur „America for Humans Only Liga" (Amerika nur für Menschen-Liga). Das ADDA hatte sie von Anfang an als die größte Plage bezeichnet. Kurz: AHOL, was klang wie das englische Wort für Arschloch – nur viel zu harmlos für das, was sie wirklich waren. Die meisten nannten sie einfach nur *die Liga.*

Ihr primäres Ziel war es, alle Drachenwandler in den USA entweder nach Kanada oder nach Mexiko zu verbannen, und sie bildeten oft Gruppen, um das wahrzumachen.

Wenn sie nicht vorsichtig war, konnte die Situation schnell aus dem Ruder laufen.

Ashley zwang sich, ruhig zu antworten: „Ich habe einen eigenen Willen, vielen Dank. Und Sie beide sollten jetzt besser verschwinden."

Der etwas größere Typ mit den unrasierten Wangen zog die Augenbrauen hoch. „Der hat dir 'ne Gehirnwäsche verpasst, Baby. Gut, dass wir da sind, um dir zu helfen. Komm mit, und wir zeigen dir, warum Drachen die Feinde sind. Die wollen nur unser Geld, unsere Kinder und unser Land. Denen kann man nicht trauen."

Ashley betete, dass solche Sprüche bei Frauen

oder Männern in Gesellschaft von Drachenwandlern nicht zogen. Denn wenn dem so wäre, würde es
für das ADDA verdammt schwer werden, die Liga
als offizielle Hassgruppe einzustufen. Die Presse
würde sich auf jeden einzelnen Menschen stürzen,
der behauptet, die Liga hätte ihn vor den Drachen
„gerettet".

Wes grunzte. „Die Lady hat gesagt, ihr sollt
gehen. Ich würde auf sie hören."

Der andere Typ, der mit den grauen Strähnen im
Haar, machte einen Schritt auf Wes zu. „Halt die
Klappe, du verdammtes Monster. Du solltest nicht
mal im selben Raum wie Menschen sein, geschweige
denn einen angrapschen."

Wie Ashley es erwartet hatte, blitzten Wes'
Pupillen. Sein Drache war vermutlich stinkwütend.

Wes zuckte mit den Schultern. „Ich habe keine
Regeln gebrochen, also bleibe ich."

Die beiden Liga-Typen kamen näher, aber dann
schob sich ein anderer Mann zwischen die beiden
und Ashley und Wes – Brad Harper, seines Zeichens
Drache und Natashas Teilzeitangestellter. Mit rauer
Stimme sagte er zu den Menschen: „Zeit für euch
zwei, zu verschwinden."

Ihr Blick schoss zu dem Drachenanstecker an
Brads Hemd, dann zurück zu seinem Gesicht. Der
Unrasierte verschränkte die Arme vor der Brust.
„Nicht, bevor dieser Abschaum sich von der Lady
verzogen hat."

Als beide Drachenmänner gleichzeitig leise

knurrten, überlegte Ashley fieberhaft, was sie tun sollte. Sie konnte nicht zulassen, dass einer der Drachenwandler dafür gesperrt wurde, dass er ihr helfen wollte.

Sie trat vor die Drachenmänner und breitete die Arme weit aus. Ihr Wunsch, eine Nacht einfach nur als Frau zu genießen und nicht als ADDA-Mitarbeiterin, war wohl vorbei. „Ich bin eine ranghohe ADDA-Mitarbeiterin. Also, wenn Sie nicht wollen, dass ich die Polizei rufe und persönlich Anzeige wegen Belästigung dieser Drachenmänner erstatte, tun Sie, was Brad sagt, und verschwinden."

Die zwei menschlichen Kerle kniffen die Augen zusammen. Doch bevor einer von ihnen ein Wort sagen konnte, tauchte ein weiterer Mann an ihrer Seite auf. Trotz seiner lässigen Jeans und dem Hemd verrieten die Qualität seiner Kleidung und seine teure Uhr, dass er Geld hatte. Es dauerte nur einen Moment, bis sie ihn erkannte – Duncan Parrish. Ein mächtiger Geschäftsmann, der nicht nur das Ohr eines Mitglieds des Nevada Gaming Control Boards hatte, sondern auch das eines Senators von Nevada.

Mit anderen Worten: Seine Verbindungen könnten ihre eigenen in den Schatten stellen.

Duncan räusperte sich. „Entschuldigt meinen Schwager und seinen Freund. Wir haben zu viel getrunken und sollten gehen, Miss ...?"

Sie wollte ihren Namen nicht nennen, wusste aber, dass sie musste, nachdem sie ihre ADDA-Verbindungen erwähnt hatte. „Ashley Swift."

„Richtig, Miss Swift." Duncan senkte die Stimme. „Ich würde vorschlagen, dass Sie und Ihr Freund direkt nach uns gehen. Sieht aus, als könnte die Stimmung kippen."

Aus dem Augenwinkel sah sie, wie sich Menschen in Grüppchen sammelten. Nach alldem Ärger, den Natasha bekommen hatte, weil sie ihre Türen für Drachenwandler geöffnet hatte, war Ashley es ihr schuldig, einen weiteren Skandal zu vermeiden. Sie ließ die Arme sinken. „Sobald ich sehe, dass Sie verschwunden sind, warten wir ein paar Minuten und folgen."

Duncan nickte knapp. „Sie haben mein Wort, dass wir Ihnen nicht folgen."

Sie hatte keinen Schimmer, was sein Wort wert war, behielt aber ihr gut einstudiertes Lächeln bei. „Klingt gut."

Während sie gingen, flüsterte Duncan dem Unrasierten etwas zu, der sich dann mit einem bösen Grinsen über die Schulter umsah.

Scheiße. Wenn Duncan Parrish irgendwie mit der Liga zu tun hatte, könnte das Ärger für sie, die Drachenwandler und jeden, der im Großraum Reno mit dem ADDA arbeitete, bedeuten. Verdammt, vielleicht sogar in ganz Nevada.

Das Einzige, was half, war, dass Wes' Clan in Kalifornien zu Hause war, was ihm einen gewissen Schutz vor Parrish bot.

Wes flüsterte ihr ins Ohr: „Ich würde mich bedanken, aber dein Ego ist so schon groß genug."

Angesichts seines Neckens wandte sie sich von den drei abziehenden Männern weg und lächelte zu Wes auf. „Ich habe täglich mit Schlimmerem zu tun." Sie sah den Sicherheitsmann der Bar an. „Danke, Brad. Ich denke, jetzt kommen wir klar."

Brad nickte und ging, um einen seiner Rundgänge durch den Raum zu machen. Als sie allein waren, murmelte Wes: „Wir müssen unter vier Augen reden. Wohin können wir gehen?"

Es musste Wes innerlich zerreißen, nicht alles zu wissen und die Kontrolle zu haben wie auf Pine-Rock. Aber das hier war ihr Revier, und sie würde sich deswegen nicht schlecht fühlen. Sie warf einen Blick zum Hinterausgang, dann zu Natasha, die sofort nickte. „Hier entlang", sagte Ashley und nahm Wes' Hand.

Während sie ihn durch die Hintertür und eine Gasse hinunter zu einer anderen Nebenstraße führte, bemühte sie sich, sich auf das zu konzentrieren, was gerade mit den zwei Liga-Typen und Duncan Parrish passiert war. Denn wenn sie sich an das Gespräch davor erinnerte, könnte sie sich nicht mehr konzentrieren. Und angesichts von Duncans Einfluss in Reno konnte sie es sich nicht leisten, abgelenkt zu sein, bis Wes sicher zurück in PineRock war.

Wes' Drache tigerte in seinem Kopf hin und her und knurrte alle paar Sekunden, während Ashley ihn zu irgendeinem verdammten Ort führte, den er nicht kannte.

Sein Tier fauchte: *Wir hätten diese Menschenärsche herausfordern sollen, um die Ehre unserer Gefährtin zu verteidigen.*

Und dafür in den Knast wandern? Du weißt genau, dass jede Schlägerei in der Menschenwelt für einen Drachenwandler übel ausgeht, selbst wenn die Menschen angefangen haben.

Deshalb gehört Ashley nach PineRock. Nur da können wir sie richtig beschützen.

Sein Instinkt stimmte zu. Die Blicke und das Gelaber dieses schleimigen Wichsers, der sich in der Bar als Held aufgespielt hatte, hatte alle Alarmglocken in Wes' Kopf schrillen lassen. Er war sich sicher, dass sie den Typen wiedersehen würden. Und wenn es so weit war, würde der Bastard alles andere als ein Held sein.

Auch wenn er kein Liga-Tattoo hatte, roch Wes förmlich, dass der Typ irgendwie mit diesen Arschlöchern unter einer Decke steckte.

Endlich blieb Ashley vor einem kleinen, roten Auto stehen. Sie nickte zur Beifahrerseite. „Steig ein."

Das Auto war nicht das, was sie fuhr, wenn sie im Auftrag des ADDA unterwegs war – das musste ihr Privatauto sein. Als er sich auf den Sitz fallen ließ, schmunzelte er über das Einhorn-Plüschtier auf dem Armaturenbrett. Ein Schmetterlingskristall baumelte am Rückspiegel und schimmerte zartrosa im fahlen Licht. Er schnaubte. „Wo sind die Regenbögen und Kätzchen?"

Sie deutete nach hinten. „Da."

Tatsächlich, auf dem Rücksitz lag ein Plüschkätzchen, und am Heckfenster klebten ein paar Schmetterlings- und Regenbogen-Herz-Aufkleber. Es war ein krasser Kontrast zu ihren üblichen dunklen, unauffälligen Arbeitsklamotten. „Ich hab' fast Angst, dein Zuhause zu sehen."

Sie ließ den Motor an, der laut aufbrüllte. „Heute ist dein Glückstag, denn du findest es gleich heraus."

Sein Drache summte zufrieden. *Gut. Da haben wir sie allein und können sie davon überzeugen, unsere Gefährtin zu werden.*

Wes ignorierte sein Tier und sagte: „PineRock wäre für uns beide sicherer."

Ohne den Blick von der Straße zu nehmen, fuhr Ashley los. „Meine Wohnung ist näher. Und ich kann mich unmöglich die ganze Strecke nach Pine-Rock im Dunkeln konzentrieren. Ich war schon tausendmal da, aber diese Schotterpisten sind manchmal die Hölle."

„Das ist Absicht, wie du weißt. Hält die Liga und andere unerwünschte Typen fern."

Ohne den Blick von der Straße abzuwenden, sagte sie:„So oder so, ich kann fahren, da ich nicht einmal die Hälfte meines Drinks ausgetrunken habe, aber ich will meine Reflexe nicht auf die Probe stellen, wenn ich es vermeiden kann."

„Du solltest mich fahren lassen. Ich müsste eine halbe Flasche trinken, um auch nur einen Schwips zu bekommen, und ich hatte kaum ein paar Schlucke."

Zu seiner Überraschung fuhr sie an den Straßenrand und wandte sich ihm zu. „Wirst du ein Problem damit haben, meinen Anweisungen zu folgen? Ich hab' nämlich keine Lust auf irgendeinen Bullshit darüber, dass du den Weg allein finden kannst."

Wes lächelte. Er würde ihrer Direktheit nie müde werden. „Du bist eine der wenigen Frauen, von denen ich Befehle entgegennehmen würde."

Er hatte es nicht so zweideutig gemeint, aber verdammt, so war es rausgekommen. Als sie einander anstarrten, hörte er, wie sich Ashleys Herzschlag beschleunigte.

Sein Drache mischte sich ein. *Beeil dich und tausch Plätze. Ich will sie allein.*

Wes würde seinem Drachen nie erlauben, die Kontrolle zu übernehmen, aber er gab ihm recht – sie mussten sich beeilen. Um Ashley in Sicherheit zu bringen, nichts weiter, oder zumindest redete er sich das ein.

Er sprang aus dem Auto und war an der Fahrerseite, bevor Ashley ihren Sicherheitsgurt gelöst hatte. Er riss die Tür auf. „Willst du rüberrutschen oder aussteigen. Entscheide dich, denn auf meinem Schoß kannst du nicht sitzen."

Sie schnaubte. „Das hättest du wohl gern, was?

„Aber das wäre ja kontraproduktiv, da wir ja gerade keinen Unfall bauen wollen. Mit mir auf dem Schoß hättest du kein Blut mehr im Kopf, um klar zu denken."

Was würde er nicht dafür geben, dazustehen und zu sticheln, bis er sie an sich reißen und mit einem Kuss zum Schweigen bringen konnte.

Als sie auf den Beifahrersitz kletterte, rutschte ihr Kleid gefährlich hoch. Wes' Herz setzte aus, und sein Schwanz wurde wieder hart wie Stahl.

Er musste diese Frau in Sicherheit bringen und alles tun, um sie zu seiner zu machen. Es musste einen Weg geben, sie zu schützen und gleichzeitig seinesgleichen zu helfen.

Nachdem beide angeschnallt waren und er den Gang eingelegt hatte, fragte er: „Wohin?"

Während Ashley die Anweisungen runterratterte, zwang er sich, den Blick auf die Straße gerichtet zu lassen. Vorhin hatte er kurz ihre verdammt perfekten, blassen Schenkel gesehen, als das Kleid hochgerutscht war.

Ja, er war ein Mistkerl. Er sollte an ihre Sicherheit denken – aber alles, was er wollte, war, diese Schenkel um seinen Kopf zu spüren, während er sie mit seiner Zunge zum Schreien brachte.

Sein Drache schnurrte. *Wir könnten das heute Nacht noch haben.*

Das bezweifle ich, Drache. Sobald wir ein paar

Sachen mit Ashley geklärt haben, gehen wir nach Hause.

Sein Tier schmollte und schwieg. Das verriet Wes, dass sein Drache einen Plan ausheckte, was wiederum bedeutete, dass Wes sowohl Ashley als auch seinem Drachen widerstehen musste, um seine Pflicht als Clanführer zu erfüllen.

Seine Nacht würde nicht so enden, wie er gehofft hatte. Aber verdammt, sie war noch lange nicht vorbei.

Kapitel Fünf

Ashley hoffte, dass sie auf der Fahrt wieder ganz nüchtern werden würde. Sie war ehrlich gewesen, als sie gesagt hatte, dass sie nicht betrunken war – sie war vielleicht nicht hundertprozentig da, aber sie konnte immer noch einiges vertragen –, doch es war einfacher, klar zu denken, wenn sie nicht auf die Straße achten musste.

Außerdem konnte sie vom Beifahrersitz verstohlene Blicke auf Wes' Profil werfen. Ob im Schatten oder von einer Straßenlaterne beleuchtet – sein markantes Kinn, die Nase und diese vollen Lippen waren einfach verdammt sexy.

In einem kurzen Kleid in einem Auto mit einem Drachenmann zu sitzen, dessen Sinne schärfer waren als die eines verdammten Adlers, machte es wirklich zu einer Herausforderung, ihre Reaktionen im Griff zu behalten.

Aber als ihre Gedanken zu Duncan, der Liga und für ein paar Sekunden zu dem, was Wes ihr offenbart hatte – dass sie seine wahre Gefährtin sei – abschweiften, verlagerte sich ihre Konzentration von ihrer Libido auf ihr neuestes Problem.

Ashley lebte in Reno, Nevada, weil dort das Hauptquartier des ADDA in der Region war. Sobald Wes nach PineRock zurückkehrte und seine Clan-mitglieder in nächster Zeit die Grenze zwischen Kalifornien und Nevada nicht überquerten, sollten sie vor Duncans politischem Einfluss in Nevada relativ sicher sein. Trotzdem würde Ashley ständig auf der Hut sein müssen. Sie hatte keinen Schimmer, ob die Liga sie zu ihrem neuesten Ziel auserkoren hatte oder nicht, aber in einer Großstadt zu leben, wo sie nicht wusste, wem sie vertrauen konnte, war alles andere als ideal.

Sie hatte über die Jahre schon extra Vorsichts-maßnahmen getroffen, wenn sie ausgegangen war, da die Arbeit für das ADDA manchmal selbst mit normalen Menschen knifflig sein konnte. Doch die Begegnung in der Bar hatte die mögliche Gefahr mit einem Schlag sehr viel persönlicher gemacht.

Ihre eigene Sicherheit war auch nicht das einzige Problem. Wenn sie diesen Mist nicht so schnell wie möglich klärte, könnte es sowohl den Drachenwand-lern als auch all den menschlichen Besitzern scha-den, die so viel riskiert hatten, um ihre Läden für alle Gäste zu öffnen. Denn wenn die Liga Ashley ins

Visier nahm, würden sie ihr folgen. Das bedeutete, dass ihre Besuche andere in Gefahr bringen könnten.

Die Frage war: Wie konnte sie die Sicherheit aller in Zukunft garantieren?

Ashley rieb sich die Stirn und erkannte, dass ihr hier der größte Kopfschmerz ihrer Karriere seit Jahren bevorstand.

Wes' Stimme drang durch ihre Gedanken. „Ich schätze, das war nicht das, was du geplant hattest, als du mich für den Abend gewonnen hast, oder?"

Sie schüttelte den Kopf. „Nein. Aber ich kriege das schon irgendwie hin. Wie immer."

Wes hielt einen Moment inne, bevor er antwortete: „Du musst das nicht allein durchstehen, Ashley. Ich bin hier. Ich bin immer hier."

Angesichts ihrer Kollegen und ihres Netzwerks an Kontakten musste sie nicht allein klarkommen, aber meistens tat sie es. Es war einfacher so. Niemand konnte sie verraten oder ein Versprechen brechen. So ließen sich schlimme Folgen vermeiden.

Doch als sie Wes' Profil betrachtete, während das Licht auf seinem Gesicht tanzte, konnte sie sich ein Leben vorstellen, in dem Wes an ihrer Seite war, ihr Unterstützung und Vorschläge gab, bis sie beide alt und grau waren. Ja, er war heiß, aber da war so viel mehr an Wes Dalton, das sie anzog.

Der Gedanke von vorhin, über Clanführer mit gutem Ruf, kehrte zurück. Warum er jetzt wieder auftauchte, wo sie einen Haufen anderer Probleme hatte, war ihr schleierhaft.

Eine kleine Stimme in ihrem Kopf flüsterte: *Weil du ihn willst.*

Verdammt, sie hatte ihre Verlobung mit ihrem Ex wegen ihrer Gefühle für Wes gelöst. Aber dem Drachenmann das einzugestehen, war ein Schritt, für den sie noch nicht ganz bereit war.

Sie antwortete schließlich: „Danke, aber ich hab' keine Ahnung, welche Art von Hilfe ich gerade brauche, also kann ich sie nicht wirklich einfordern."

Seine Mundwinkel zogen sich nach oben. „Selbst jetzt bist du ehrlich."

Sie seufzte. „Was dir zu gefallen scheint, aber bei einem Typen wie Duncan Parrish reicht das nicht."

„Das ist also sein Name. Erzähl mir mehr über ihn."

Während sie ihm von seinem Zahltagskredit-Imperium in Reno und der kürzlichen Expansion nach Vegas erzählte und seinen politischen Verbindungen, fügte sie hinzu: „Aber ich hatte keine Ahnung, dass sein Schwager Mitglied der Liga ist. Das bedeutet Ärger, ich spüre es."

Wes nahm eine Hand vom Lenkrad und bewegte sie zögernd über Ashleys Oberschenkel. Doch er zog sie schnell zurück, als hätte er sich verbrannt, und umklammerte das Lenkrad fester. „Deshalb musst du irgendwo bleiben, wo du sicher bist, bis du einen Plan hast." Sie öffnete den Mund, aber er kam ihr zuvor, seine Stimme durchzogen von der Dominanz, die Clanführer gern und oft einsetzten. „Ich weiß, dass du eine starke, fähige Frau bist, Ash. Das ist nicht das Problem. Aber die Liga schert sich oft einen Dreck um das Gesetz, und das weißt du. Der einzige sichere Ort für dich ist gerade bei einem Drachenclan."

Sie hätte fast genickt. Es stimmte – die Liga schwang gern große Reden, ging aber selten gegen eine Gruppe, geschweige denn einen ganzen Drachenclan vor. Sie zogen es vor, ihre Ziele allein oder zu zweit abzupassen, sie unter Drogen zu setzen und über die Grenze zu schaffen.

Es klang oberflächlich betrachtet lächerlich, da ein Drache einfach zurückfliegen konnte. Doch es wurde um einiges komplizierter, sobald ein Drachenwandler ohne Erlaubnis internationale Grenzen überschritt. In den letzten Jahren hatte die US-Regierung sie überhaupt nicht mehr zurückgelassen, da die Anti-Drachen-Fraktion die Mehrheit im Kongress hatte.

Was sie denken ließ, dass die Liga in den letzten Jahren mächtiger geworden war und Einfluss hatte, der über das hinausging, was das ADDA sich je vorgestellt hatte.

Trotzdem war Weglaufen nicht wirklich ihr Stil. „Ich glaube, was du sagst, ist, dass du willst, dass ich bei dir bleibe, aber das kann ich nicht."

Wes hob die Augenbrauen. „Warum nicht?"

Die Art, wie er es sagte, so sachlich, ließ sie blinzeln. „Du meinst das doch nicht ernst, Wes. Ich bin keine Forscherin und mache keine Langzeitbeobachtungen. Wenn ich bei deinem Clan bleibe – besonders wenn sich herumspricht, dass ich deine wahre Gefährtin bin –, werde ich nicht nur degradiert, ich werde gefeuert."

„Also würdest du lieber deinen Job behalten und dein Leben verlieren?"

Sie kniff die Augen zusammen. „So einfach ist das nicht."

Wes warf ihr einen Blick zu, seine Pupillen blitzten. „Zum ersten Mal stimme ich meinem Drachen zu – Menschen können manchmal unlogisch sein."

Ashley lehnte sich ein wenig vor. „Schau, vielleicht werden manche Frauen ganz verrückt nach deiner Alpha-Attitüde und deinem Bedürfnis, sie zu beschützen. Aber ich bin schon lange auf mich allein gestellt, Wes. Und ich habe mir den Arsch aufgerissen, um da hinzukommen, wo ich bin. Das einfach aufzugeben, wäre, als würde ich die Hälfte von dem verlieren, was mich ausmacht. Ganz zu schweigen davon, dass es allen Drachenclans in der Nähe von Tahoe für absehbare Zeit schaden würde, da die meisten ADDA-Mitarbeiter sich nicht so sehr für deine Art einsetzen wie ich. Wie würde sich das auf dein Gewissen auswirken?"

Wenn sie dachte, sie könnte ihn damit zurückdrängen, irrte sie sich. Wes grunzte. „Wie wäre es, wenn du einfach ein paar Tage bleibst? Tori hat gerade ihr Baby bekommen, und nach ihr zu sehen ist eine deiner Aufgaben. Es ist nicht ungewöhnlich, dass ein ADDA-Mitarbeiter eine Weile bleibt, um menschliche Eltern auf Drachenland zu begleiten. Vielleicht hast du Glück, und Gaby bekommt ihr Kind ein bisschen früher, dann könntest du noch länger bleiben."

Sie öffnete den Mund, schloss ihn aber schnell wieder. Er hatte recht – es war sozusagen Standard, neue menschliche Eltern von Baby-Drachenwandlern zu begleiten. Zwar hatte sie kürzlich die Menschenfrau namens Victoria Santos kurz besucht, aber Ashley hatte den Bericht noch nicht eingereicht. Außerdem war Gaby eine Drachenwandlerin, die sich mit einem Menschen gepaart hatte und bald ihr Baby haben würde. Beide fielen unter ihre Zuständigkeit.

Könnten ein paar Tage ihr wirklich genug Zeit verschaffen, um einen besseren Plan auszuarbeiten?

Wahrscheinlich. Besonders, wenn sie Ideen mit Wes und der Sicherheitschefin seines Clans, Cristina Juarez, austauschen könnte.

Sie verschränkte die Arme vor der Brust. „Ich könnte ein paar Tage bleiben, aber nur mit ein paar Grundregeln."

Ein Lächeln tanzte auf seinen Lippen. „Natürlich muss es Regeln geben. Lass hören."

Sie hob einen Finger. „Vor allem werde ich nicht speziell bei dir wohnen."

Er hob die Augenbrauen. „Habe ich je gesagt, dass du das würdest?"

„Nein, aber angesichts der Tatsache, dass du

heute Abend offenbart hast, dass ich deine wahre Gefährtin bin, muss es dir durch den Kopf gegangen sein."

Seine Stimme war ruhig, als er antwortete: „Was ich will und was ich tue, sind zwei grundverschiedene Dinge."

Die letzten Spuren des alkoholbedingten Nebels verflogen, als ihr etwas bewusst wurde, das die ganze Zeit vor ihrer Nase gewesen war: Auch Wes gab viel auf, um seine Position zu behalten und für seinen Clan zu kämpfen.

Wie schwer war es für ihn gewesen, ihr so lange zu widerstehen? Sie kannten sich seit Jahren.

Sie respektierte ihn schon für seine Arbeit, aber dieser Respekt war gerade deutlich gewachsen.

Ihre Stimme wurde sanfter, als sie fortfuhr: „Tut mir leid. Ich versuche nicht absichtlich, so nervig zu sein. Ich bin einfach automatisch vorsichtig und auf Abwehrhaltung gepolt, nach so vielen Jahren, in denen ich mit Arschlöchern zu tun hatte, die denken, ich kann nichts leisten, nur weil ich eine Vagina habe."

Selbst im schwachen Licht sah sie seine Pupillen blitzen. „Angesichts dessen, dass meine Sicherheitschefin weiblich ist und ich Cris verdammt respektiere, solltest du inzwischen wissen, dass ich die Fähigkeiten einer Frau niemals einfach so abtun würde."

„Das weiß ich, Wes. Es ist nur ... Gewohnheit. Wahrscheinlich wie dein Versuch, bei mir deine

Dominanz spielen zu lassen. Also, wie wäre es mit einer Art Waffenstillstand? Lass uns auf Augenhöhe kommunizieren. Wenn du dem zustimmen kannst, bleibe ich ein paar Tage in PineRock, und wir können Strategien miteinander austauschen."

Sie bedeutete ihm, nach rechts in den Wohnkomplex einzubiegen, und sagte ihm, wo er parken sollte. Sobald er das getan hatte, wandte Wes ihr endlich seinen Oberkörper zu. Seine Pupillen blitzten schnell, als er antwortete: „Auf Augenhöhe, aber erst, wenn wir PineRock erreichen. Ob es dir passt oder nicht: Ich werde den Beschützer raushängen lassen, bis wir dort sind."

Sie schnaubte. „Ich würde auch nichts anderes von dir erwarten." Ashley deutete auf ihre Wohnung im zweiten Stock. „Ich gehe jetzt packen, und wir können heute Nacht nach PineRock fahren, vorausgesetzt, du fährst."

Er grunzte zustimmend, bevor beide aus dem Auto stiegen.

Während sie sich auf den Weg zu ihrer Wohnung machten, beobachtete sie unverhohlen, wie Wes jeden dunklen Winkel nach potentiellen Gefahren absuchte und beim geringsten Geräusch innehielt. Ihn in seinem Element zu sehen, anders, als im Casino und in der Bar, machte ihn noch attraktiver für sie. Um Himmels willen, sie konnte nicht aufhören, seine breiten Schultern und schmalen Hüften anzustarren wie ein verknallter Teenager.

Reiß dich zusammen, Ash. Sie war noch nie

länger als einen Tag in seiner Nähe gewesen. Die nächsten paar Tage würden sie auf alle möglichen Arten auf die Probe stellen. Aber sie durfte nicht scheitern – zu viel stand auf dem Spiel für die Drachenclans in ihrem Zuständigkeitsbereich.

Und nach allem, was sie erreicht hatte, würde sie nicht riskieren, ihnen bewusst oder unbewusst zu schaden.

Als Wes die letzten paar Meilen nach PineRock fuhr, warf er immer wieder Blicke auf Ashleys schlafendes Gesicht auf dem Beifahrersitz.

Er konnte kaum glauben, dass seine Frau zugestimmt hatte, eine Weile in PineRock zu bleiben. Zwar hatten sie einen Berg an Problemen zu bewältigen, aber es gab ihm auch Hoffnung.

Hoffnung, dass sie vielleicht, nur vielleicht, einen Weg finden könnten, auf dem sie beide weiter Drachenwandler schützten und gleichzeitig selbst ein bisschen Glück erleben könnten.

Denn er war entschlossen, Ashley glücklich zu machen.

Und auch sich selbst.

Sein Drache meldete sich zu Wort. *Na, sieh mal einer an, wer jetzt einen anderen Ton anschlägt.*

Als die Menschenmänner Ashley bedroht hatten, hatte es Wes ein paar Dinge über das, was wichtig war, klargemacht. *Wenn es jemanden gibt, der einen Weg finden kann, dass ein ADDA-Mitarbeiter und ein Drachenwandler eine Chance zusammen haben, ohne ihre Jobs zu verlieren, dann ist es Ashley.*

Sein Tier schnaubte. *Das ist der einzige Grund, warum du deine Meinung geändert hast? Es hat nichts mit ihren heißen Blicken oder dem kurzen Kleid heute Abend zu tun?*

Er knurrte innerlich. *Natürlich ist sie verdammt schön. Was erwartest du? Dass ich sage, dass sie hässlich ist?*

Oh, komm mal wieder runter. Ich bin auf deiner Seite.

Bist du sicher?

Er ignorierte seinen Drachen und nahm die letzte Kurve zur Straße, die zur Hauptzufahrt zu PineRock führte. Er hielt das Auto nur am Checkpoint an, um den Sicherheitscode einzugeben. Sobald sich die Tore öffneten, fuhr er langsam durch den in den Felsen gehauenen Tunnel und hinaus auf das Land seines Clans.

Selbst in der Dunkelheit überkam ihn ein Gefühl von Frieden, als er die vertrauten Straßenlaternen sah, das eine oder andere Haus mit Licht im Fenster und die Stille, abgesehen von den wenigen nachtaktiven Tieren, die mutig genug waren, sich in die Nähe von PineRock zu wagen.

Er war zu Hause. Er warf einen Blick auf Ashley und schwor sich, dass ihr auf seinem Land nie etwas zustoßen würde. PineRock war der einzige Ort, an dem er die vollständige Kontrolle hatte und die Ressourcen, um dieses Versprechen wahrzumachen.

Wes fuhr noch ein paar Minuten, bevor er vor einem zweistöckigen Haus parkte, das zartgrün gestrichen war, mit cremefarbenen Türen und Fenstern. Auch wenn er es hätte reparieren können, waren da immer noch die Krallenspuren in der Verkleidung aus seinen frühen Jahren des Wandelns, als er geglaubt hatte, er könne vom Dach springen, bevor er Unterricht im Fliegen gehabt hatte.

Am Ende war er mit einem gebrochenen Flügel in der Klinik gelandet.

Seine Mutter sagte, diese Spuren würden bleiben, bis sie nicht mehr da war, als Erinnerung daran, dass er nicht unbesiegbar war.

Ein Licht ging in einem Fenster im zweiten Stock an – das Zimmer seiner Mutter. Er wollte sie nicht wecken, aber Ashley musste bei jemandem bleiben, dem er vertraute. Nun, jemandem, dem er vertraute und der ein bisschen nett zu ihr sein würde und nicht zu viele Pflichten im Clan hatte.

Er sagte: „Ash, wach auf."

Seine Menschenfrau brummte nur und schnarchte leise weiter.

Es schien, als wäre es schwer, sie aufzuwecken. Noch ein Grund, warum Ashley in PineRock bleiben musste, falls jemand versuchte, sie anzugreifen, während sie schlief.

Zeit, was anderes zu versuchen.

Wes wagte es, ihre Wange mit seinen Fingern zu

berühren und widerstand dem Drang, scharf einzu-
atmen, als er ihre weiche, glatte Haut fühlte. Was
würde er nicht dafür geben, sie mit einem Kuss
aufzuwecken.

Doch er würde keinen Gefährtenrausch auslösen. Also stupste er ihre Wange leicht mit dem
Finger an. „Wach auf, Schlafmütze."

„Warum?", murmelte sie, die Augen immer noch
geschlossen.

Er stupste noch ein paarmal, aber sie tat nicht
mehr, als ihn wegzuschlagen. Also griff er zu drasti-
scheren Maßnahmen und kitzelte ihre Seite.

Sie fuhr hoch und wand sich, während sie eine
finstere Miene aufsetzte und versuchte, nicht zu
lachen. Als er schließlich aufhörte, starrte sie ihn an.
„Was zum Teufel, Wes? Du hättest mich einfach
bitten können, aufzuwachen."

„Das habe ich und ich habe dich auch ange-
stupst. Aber es war fast so, als wärst du unter einer
Art Schlafzauber. Wenn Kitzeln nicht funktioniert
hätte, hätte ich dich vielleicht in den See werfen
müssen."

Sie runzelte die Stirn. „Ich bin nicht aufge-
wacht?" Er schüttelte den Kopf, und sie fuhr fort:
„Das ist seltsam. Normalerweise bin ich ein leichter
Schläfer."

Sein Drache summte. *Sie vertraut uns. Das
ist gut!*

Während seine menschliche Hälfte sich genauso
freute, ignorierte Wes das Gefühl. Wenn er sich

nicht ein bisschen besser im Griff hatte, wenn er Ashley seiner Mutter vorstellte, wer konnte schon wissen, auf welche Gedanken seine Mutter kommen würde.

Sein Drache murmelte: *Sie weiß es wahrscheinlich sowieso schon. Mom weiß alles.*

Er wandte sich wieder Ashley zu. „Ich weiß, du bist müde, aber du musst noch ein bisschen wach bleiben. Wir sind in PineRock, und ich habe dich zum Haus meiner Mutter gebracht."

Ihr Blick musterte das Haus, das von einer Verandalampe sanft beleuchtet wurde. „Das Haus deiner Mutter?"

Er nickte. „Du wirst die nächsten paar Tage bei ihr bleiben. Und nein, sie weiß nichts von dem, was ich dir heute Abend erzählt habe – lass uns jetzt nicht näher darauf eingehen, da Drachen mehr hören können, als dir lieb ist –, also mach dir darüber keine Sorgen. Sie wird sich einfach freuen, jemanden bei sich zu haben. Sie ist allein, seit mein jüngerer Bruder letztes Jahr der Dracheneinheit der Air Force beigetreten ist."

Ashley rieb die letzten Spuren von Schlaf aus ihren Augen. „Sag mir bitte, dass sie nicht supergesprächig und eine Nachteule ist. Ich bin gerade so erledigt, und wenn ich nicht ein bisschen Schlaf bekomme, wird mein Gehirn morgen früh nicht gut genug funktionieren, um unseren Berg an Problemen anzugehen."

Er lächelte über das leichte Stirnrunzeln, das er

bemerkte. Er mochte es, ihre verletzlichere Seite zu sehen. „Ich werde ihr sagen, dass sie dich heute Nacht schlafen lassen soll, aber morgen früh beim Frühstück kann ich nichts versprechen."

Seine Mutter war nicht gern allein, hatte sich aber geweigert, einen neuen Gefährten auch nur in Erwägung zu ziehen, seit Wes' Vater gestorben war.

Sie war einsam, und dass Ashley bei ihr blieb, war für beide gut.

Die Haustür öffnete sich, und die Stimme seiner Mutter drang heraus. „Komm sofort aus dem Auto, Wesley Dalton, und sag mir, warum du mitten in der Nacht hier auftauchst."

Ashley lachte – und er konnte es ihr nicht verdenken. Seine Mutter trug einen flauschigen, knallrosa Bademantel, der vier Nummern zu groß war. Aber seine Mom mochte es warm, und es war ihr egal, ob sie dabei albern aussah.

Natürlich sah sie dadurch mit ihrer zierlichen, für einen Drachenwandler eher untypischen Statur wie einen Teenager aus. Einer mit ergrauendem Haar, aber dennoch nicht wie eine ehemalige Drachenkriegerin mittleren Alters.

Ashley schaffte es, ihr Lachen zu unterdrücken. „Sorry, aber ich hatte eine viel größere oder furcht-einflößendere Frau erwartet. Aus irgendeinem Grund habe ich das von den Eltern eines Clanführers erwartet."

„Oh, lass dich von ihrem Aussehen nicht täuschen." Seine Menschenfrau warf ihm einen neugierigen Blick zu, aber er ignorierte ihn und öffnete die Autotür. „Komm, sonst wird sie uns mit Gewalt rauszerren. Und das ist keine Übertreibung."

Er stieg aus dem Auto aus, und Ashley folgte ihm. Wes küsste die Wange seiner Mutter und murmelte nur für ihre Ohren: „Ich bringe sie direkt ins Gästezimmer. Sie ist müde und muss schlafen. Du kannst morgen mit deinem Verhör anfangen."

Ihre Pupillen blitzten, bevor sie nickte. „Ich spüre, dass etwas nicht stimmt. Ich lasse es für heute Nacht auf sich beruhen, aber morgen erzählst du mir besser, was los ist. Ich kann mich nicht um einen Gast kümmern, wenn ich die Bedrohungen nicht kenne."

Wenige würden es glauben, aber seine Mutter war in der Drachenarmy-Reserve gewesen, bevor sie ihren Gefährten gefunden hatte. Tatsächlich war sie einmal eine ziemlich furchteinflößende Frau gewesen.

Er nickte. „Ich werde dir sagen, was ich kann, wie immer. Danke im Voraus für deine Hilfe, Mom."

Sie berührte seine Wange. „Alles für meinen ältesten Jungen."

Ashley scharrte mit den Füßen, und Wes streckte die Hand aus, um ihre zu nehmen. „Ashley Swift, das ist meine Mutter, Cynthia Dalton. Sie hat zuge-stimmt, sich alle Fragen bis morgen früh aufzuheben. Also komm, ich zeige dir dein Zimmer."

Ashley sah seine Mutter an. „Freut mich, Sie kennenzulernen, Mrs. Dalton."

„Oh, nenn mich Cynthia, bitte. Und wisse nur, dass wir morgen früh zusammen frühstücken werden – wir drei –, also nimm dir nichts anderes vor."

Wes wusste, dass es besser war, nicht mit seiner Mutter zu streiten. „Gut, ich werde um acht hier sein. Jetzt lass mich Ashley ins Bett bringen."

Ohne ein weiteres Wort zog er seine Menschenfrau die Treppe hinauf und den Flur entlang zum Gästezimmer. Die Tatsache, dass es früher sein Zimmer gewesen war, machte sowohl Mann als auch Tier glücklich. Ihre Frau würde in seinem Zimmer schlafen.

Allerdings traute er sich nicht zu, allein mit Ashley im Zimmer zu sein. Also schob er sie sanft hinein und sagte: „Das Badezimmer ist die nächste Tür rechts, voll ausgestattet mit so ziemlich allem, was du brauchst. Du hast meine Handynummer schon, falls du mich anrufen musst. Ich lasse es an, nur für den Fall. Wir sehen uns morgen beim Frühstück."

Damit schloss er die Tür und rannte geradezu die Treppe hinunter. Wes schaffte es irgendwie, seiner Mutter zuzuwinken und ohne weitere Fragen zu entkommen.

Als er zurück zu seiner Hütte ging, sagte sein Drache: *Frühstück wird lustig.*

Mach es dir nicht zu gemütlich, Drache – vergiss nicht, es gibt immer noch Feinde da draußen.

Es wird immer Feinde geben. Aber ich werde

unser Frühstück mit Ashley und Mom genießen. *Es wird uns helfen, uns zu entspannen.*

Entspannen? Wie zum Teufel soll sich einer von uns entspannen, wenn du an nichts anderes denkst, als sie zu beanspruchen?

Sein Tier richtete sich etwas auf. *Ich kann mich zurückhalten. Du wirst schon sehen.*

Wes unterdrückte einen Seufzer. Er hoffte es, denn sich gleichzeitig mit seinem Drachen und seiner Mutter auseinanderzusetzen, würde anstrengend werden.

Trotzdem war es im Grunde ein Traum, Ashley hier in PineRock zu haben, in seinem Elternhaus.

Nicht, dass er diesem Gedanken länger nachhängen konnte. Es gab zu viel zu tun, und er musste seinen Clanführerpflichten nachkommen. Er wechselte das Thema mit seinem Drachen. *Jetzt müssen wir Nachrichten an Cris und Troy schreiben und ihnen mitteilen, was los ist. Es gibt viel zu tun vor Sonnenaufgang.*

Cris war für die Clansicherheit zuständig, und Troy war PineRocks leitender Arzt. Die beiden waren seine engsten Vertrauten, und er hatte vor langer Zeit zugestimmt, ihnen alles zu erzählen, wenn es um den Clan als Ganzes ging.

Sie waren auch zwei der wenigen Clanmitglieder, die wussten, dass Ashley Wes' wahre Gefährtin war.

Er ging schneller und war bald in seinem Büro. Und während Wes sich an die Arbeit machte, hielt die Vertrautheit der Clangeschäfte seinen Verstand davon ab, zu Gedanken an das Frühstück mit seiner wahren Gefährtin abzuschweifen.

Nun, größtenteils. Über seine Träume hatte Wes wenig Kontrolle, und darin war sie in seinem Haus, nackt und ihm ausgeliefert.

Kapitel Sechs

A m nächsten Morgen duschte Ashley und erledigte so viel Arbeit wie möglich auf ihrem Handy, bevor sie schließlich zur Tür ihres Zimmers ging.

Es war fast acht Uhr morgens, und sie hörte Wes' Mutter unten in der Küche rumoren.

Sie würde gleich mit zwei Drachenwandlern frühstücken. Der Gedanke war irgendwie surreal, angesichts der strengen ADDA-Regeln, wie Mitarbeiter mit ihren Schützlingen umgehen durften. Zugegeben, Wes war nicht direkt ihr Schützling, aber nah dran.

Selbst ohne die ADDA-Regeln und Einschränkungen gab es ein riesiges Thema, über das sie noch sprechen mussten – dass sie seine wahre Gefährtin war.

Eine Nacht Schlaf hatte sie zu diesem Thema kein Stück weitergebracht. Wenn überhaupt, hatte der Schlaf es schlimmer gemacht. Dass sie vorher stundenlang in Wes' Nähe gewesen, seinen Duft eingeatmet und seine Wärme gespürt hatte, hatte ihrem Kopf nur noch mehr Futter für ihre Fantasien gegeben.

Zwar gab es immer noch eine Menge Dinge, die sie nicht über ihn wusste, doch auf ihn zu bieten und ihn für einen Abend zu gewinnen, war vielleicht nicht die klügste Idee gewesen. Denn jetzt wollte sie mehr von allem – seinen Berührungen, seinem Necken und dem Gefühl von Sicherheit, wann immer sie in seiner Nähe war. Dinge, die sie bei keinem anderen Mann je gespürt hatte.

Ihr Handy piepte, um sie an die Uhrzeit zu erinnern, und sie schob jeden Gedanken an eine Zukunft mit Wes beiseite. Die Sache mit der Liga zu klären war viel wichtiger. Und um das anzugehen, musste sie erstmal das Frühstück überstehen.

Also hörte sie auf zu zögern, öffnete die Tür und ging die Treppe hinunter.

Obwohl sie den Grundriss des Hauses nicht kannte, war es leicht, der Musik und dem Klirren in die Küche zu folgen. Ashley blieb im Türrahmen stehen und lächelte, als sie sah, wie Cynthia eine kleine Pirouette drehte, bevor sie ein Ei in eine Schüssel schlug.

Ohne aufzublicken, sagte die Drachenfrau: „Komm rein, Ashley. Das Frühstück ist bald fertig."

„Danke", sagte sie und ging auf die Barhocker am Küchentresen zu.

Cynthia rührte in der großen Schüssel und blickte auf. „Ich hab' dich hier und da gesehen und weiß, dass du für das ADDA arbeitest, aber ich bin mir nicht ganz sicher, wie du mitten in der Nacht mit meinem Sohn in PineRock gelandet bist."

Ashley bemühte sich, nicht mit den Füßen zu wippen, während sie überlegte, wie sie die Frage beantworten sollte. Sie kam mit vielen Frauen nicht gut klar, weil sie zu direkt war und nicht besonders gut darin, zartfühlend zu sein.

Doch ihr Bauchgefühl sagte ihr, dass Cynthia sich nicht an ihrer Offenheit stören würde, obwohl sie sich gerade erst kennengelernt hatten. „Ich habe ihn bei einer Wohltätigkeitsauktion für einen Abend ersteigert, aber der wurde von der Liga unterbrochen."

Cynthia schnalzte mit der Zunge. „Von den AHOLs? Ich dachte, die wären hier in diesem Teil des Landes weitgehend verschwunden."

Ashley widerstand dem Drang zu blinzeln. Wes' Mutter war zu dem Thema besser informiert als die meisten ihrer ADDA-Kollegen. „Äh, ja, sie waren bis vor ein paar Jahren hier kaum mehr als ein Flimmern auf dem Radar, bis gewisse Gruppen wieder mit Rekrutierungskampagnen angefangen haben."

Cynthia goss eine Schöpfkelle voll Teig in eine Pfanne, nahm einen Pfannenwender und sah Ashley direkt in die Augen. „Wenn Wes dich mitten in der Nacht hierhergebracht hat, heißt das, du steckst in Schwierigkeiten. Ich hoffe, du bist nicht eine dieser dummen Frauen, die denken, sie können alles allein schaffen, selbst wenn sie es mit Leuten zu tun haben, die sie vermutlich umbringen wollen."

Sie schnaubte. Cynthia hatte definitiv kein Problem mit Direktheit. „Ich bin vielleicht unabhängig, aber ich bin nicht wie die Frauen in Horrorfilmen, die ein Geräusch hören und denken: ‚Oh klar, lass mich das in Nachthemd und Pantoffeln checken und jeglichen gesunden Menschenverstand ignorieren.' Ich wäre die, die Verstärkung ruft und mit einem Baseballschläger wartet. Ich mag die Option mit den besten Erfolgsaussichten."

Cynthia nickte. „Gut. Denn mein Sohn braucht keine Idiotin als wahre Gefährtin."

Ashley blinzelte. „Moment, was? Ich dachte, du weißt nichts davon."

„Ich bin seine Mutter. Natürlich weiß ich das." Ihre Stimme wurde weicher, und sie lächelte. „Nach allem, was ich über eure Interaktionen gehört habe, wirst du ihm guttun. Manchmal braucht ein Dickkopf eine Dickköpfin, um sich von irgendwas überzeugen zu lassen."

Oh, nein, nein, nein. Wenn Ashley nicht aufpasste, würde Wes' Mutter versuchen, sie zu verkuppeln. „Schau, Cynthia ... Ich kann keine Zukunft mit Wes haben. Tut mir leid, aber meine Arbeit beim ADDA ist wichtig, und ich müsste sie aufgeben, um hier zu leben."

Die Drachenfrau winkte ab. „Natürlich ist deine Arbeit wichtig. Das bestreite ich nicht. Aber ich habe

gehört, dass ADDA-Mitarbeiter sich mit Drachenwandlern paaren und ihre Positionen behalten konnten. Es hängt alles davon ab, wo du bist, wie das
örtliche ADDA-Büro reagiert und welches Schlupfloch du nutzt. Und bevor du fragst: Ich kenne die
Schlupflöcher nicht. Aber wenn du in PineRock
bleiben willst, gibt es wahrscheinlich einen Weg."

Ashleys Verstand raste. Gerade als sie dachte, sie
wüsste mehr über das American Department of
Dragon Affairs als die meisten, wurde ihr eine Überraschung serviert.

Anscheinend gab es Schlupflöcher, und zwar
mehr als nur dieses vage Ding über Clanführer mit
gutem Ruf, an das sie sich immer noch nicht richtig
erinnern konnte. Doch wenn sie eines fand, würde
sie bei Wes bleiben?

Während ihr Verstand laut „Ja!" schrie, tauchte
Wes im Türrahmen auf. Ashley blinzelte, als sie
ihn sah.

Sie hatte ihn in den Klamotten von gestern
Abend schon sexy gefunden, aber obwohl er nur ein
schlichtes T-Shirt und Jeans trug, verschlug es ihr
beim Anblick seiner feuchten, zerzausten Haare und
des frisch rasierten Gesichts die Sprache.

Als er ein paar Trauben aus der Schüssel auf
dem Tresen nahm und sie sich in den Mund warf,
wobei sich seine Bizepse anspannten, verspürte sie
den Drang, in seine Arme zu springen und ihn zu
küssen.

Sie runzelte die Stirn. Nein, das war lächerlich.

Sie sprang nicht einfach Männer an und küsste sie, nur weil sie sexy aussahen.

Wes schluckte, bevor er seine Mutter anlächelte. „Du hast deine Spezial-Pfannkuchen gemacht, wie ich sehe."

Sein Lächeln ließ ihre Regionen südlich des Äquators vor Verlangen seufzen.

Verdammt sollte der Mann sein.

Cynthia richtete ihren Pfannenwender auf Wes. „Habe ich, aber du wartest, bis du dran bist. Der Gast wird zuerst bedient."

Wes schob die Schüssel mit Trauben zu ihr. „Hier, Ash. Iss was."

Sie wollte sich gerade bedanken, als seine Mutter schnaubte. „Und nein, ihr ein paar Trauben zu geben, zählt nicht."

„Verdammt", murmelte er mit einem Zwinkern.

Unfähig, sich zu beherrschen, warf Ashley eine Traube nach ihm. „Ich weiß, der Weg zum Herzen eines Mannes führt durch den Magen, aber du verhungerst offensichtlich nicht und bist in Topform."

Er beugte sich vor und flüsterte in ihr Ohr: „Oh, du hast bemerkt, in welcher Form ich bin?"

Sie suchte seinen Blick. „Wer bist du, und was hast du mit Wes Dalton gemacht?"

Er strich eine Haarsträhne hinter ihr Ohr – seine Berührung ließ sie erschauern – und sagte: „Das wirst du bald genug sehen, wenn wir unter vier Augen reden können."

Eine Mischung aus Aufregung und Vorsicht tanzte durch ihren Körper. „Und wann wird das sein?"

Er richtete sich auf, nahm den Teller, den seine Mutter für sie zurechtgemacht hatte, und stellte ihn vor sie. „Nach dem Frühstück. Jetzt iss."

Normalerweise hätte sie etwas über seinen Befehlston gesagt, aber ihr Magen knurrte, und sie senkte den Blick auf ihren Teller.

Was sie dort sah, war fast wie ein Kunstwerk. Irgendwie hatte Cynthia einen Cartoon-Drachen-kopf gemacht, komplett mit Augen und Nasen-schlitzen aus Blaubeeren und Rosinen. „Der ist zu niedlich, um ihn zu essen."

„Unsinn", sagte Cynthia. „Ich mache die seit Wes drei Jahre alt war, als er kaum was gegessen hat. Ich könnte im Schlaf noch fünfhundert davon machen. Also hau rein, Ashley. Und schnell, bevor Wes versucht, dein Essen zu stehlen."

„Ich würde es nicht stehlen", protestierte Wes.

Ashley konnte nicht anders, sie lachte. Doch sie wurde schnell ernst, als ihr etwas klar wurde, und sie sagte laut: „Die Drachen, die ich über die Jahre besucht habe, haben sich wirklich zurückgehalten, oder?"

Wes setzte sich neben sie. „Nimm's nicht persön-lich. Es ist schon schwer genug, ständig gesagt zu bekommen, was man zu tun und zu lassen hat. Ich glaube, manche haben Angst, dass das ADDA einen Weg finden könnte, uns auseinanderzureißen, um uns noch mehr zu kontrollieren, wenn du wüsstest, wie sehr wir unseren Clan und unsere Familie schätzen."

Sie schüttelte den Kopf. „Nicht alle von uns sind so."

„Aber genug sind es."

Ashley konnte nicht widersprechen. In den ersten sieben ihrer zehn Jahre beim ADDA waren alle ihre Vorgesetzten darauf aus gewesen, die Drachenwandler daran zu erinnern, dass sie Bürger zweiter Klasse waren.

Erst mit der Beförderung von Steven Greenwood ins südwestliche ADDA-Büro und seinem Glauben, dass Vertrauen und Verständnis langfristig effektiver waren als Angst, hatte Ashley mehr tun können, als nur Befehle zu bellen und Vorschriften zu zitieren.

Ehrlich gesagt hatte sie kurz davor gestanden, das ADDA zu verlassen. Doch Greenwoods Einstellung hatte sie inspiriert, sich noch mehr anzustrengen, bis ihr schließlich die Verantwortung für die Drachenlotterien in der Region übertragen worden war.

Wes berührte ihre Schulter. „Hey, du bist nicht so übel. Klar, manchmal versuchst du, mich herumzukommandieren und mich daran zu erinnern, dass du mir überlegen bist, aber das machst du meistens dann, wenn ich ein sturer Arsch bin."

Manchmal, aber nicht immer. Doch sie wollte die Stimmung nicht verderben, also antwortete sie: „Ich bin nur froh, dass du angefangen hast, mir manchmal

Paroli zu bieten. Das hat meinen Job definitiv unterhaltsamer gemacht."

Er senkte seine Stimme dramatisch. „Sag es niemandem, aber es macht mir auch Spaß. So sehr, dass ich eine Liste mit neuen Methoden zusammengetragen habe, dich zu nerven."

Sie stützte ihr Gesicht auf ihre Hand. „Jetzt bin ich neugierig auf diese Liste."

Wes aß ein paar Trauben, bevor er antwortete: „Lass uns erst mit der Liga fertigwerden, und dann sehen wir, ob du genug Punkte sammelst, um meine Liste zu sehen."

Sie hob die Augenbrauen. „Punkte sammeln? Was bin ich, eine Schülerin oder Teilnehmerin in einer Reality-Show?"

Cynthia mischte sich ein. „Lass sie essen, Wes. Für eure verbalen Schlagabtausche ist später noch reichlich Zeit."

Sie hatte fast erwartet, dass Wes seiner Mutter sagte, sie solle sich um ihren eigenen Kram kümmern. Doch er schmunzelte und ging, um ihr zu helfen, die restlichen Pfannkuchen fertigzumachen. Über seine Schulter sagte er: „Ich übernehme hier ein bisschen die Aufsicht und die Geschmackstests. Sonst wird meine Mutter versuchen, dich mit zwanzig Pfannkuchen zu mästen, als wärst du eine Drachenwandlerin."

Während Wes und seine Mutter ein paar liebevolle Sticheleien austauschten, lächelte sie. Ashley hatte vor einigen Jahren ihre Mutter verloren und vermisste sie sehr. Vielleicht, wenn – und das war ein großes Wenn – sie bleiben und Wes' Gefährtin sein und trotzdem ihre ADDA-Arbeit machen könnte, könnte Cynthia die Leere in ihrem Herzen füllen.

Nicht, dass sie solche langfristigen Pläne schmieden sollte. *Konzentrier dich auf die Liga, Swift.* Mit diesem Gedanken aß sie ihre Pfannkuchen und versuchte, sich Lösungsansätze einfallen zu lassen, die sie mit Wes besprechen konnte. Gespräche über die Zukunft – jede Zukunft – mussten noch ein bisschen warten.

Kapitel Sieben

Wes mochte es normalerweise, wenn seine Mutter ihn aufzog und so gesprächig war. Doch als sie eine Geschichte erzählte, wie ihr jüngerer Bruder sich vom Clanland geschlichen hatte, um einen Menschen zu treffen – etwas, worüber er sie später nochmal genauer befragen wollte –, konnte er nicht aufhören, verstohlene Blicke auf Ashley zu werfen.

Die Frau – in seinem geliehenen Hemd, in dem sie geschlafen hatte – mit ihrem noch feuchten Haar zu beobachten, während sie aß, löste etwas in Mann und Tier aus.

Sein Drache meldete sich zu Wort. *Weil sie so in unserem Bett aussehen sollte, nicht in der Küche unserer Mom. Nur, dass sie dort nackt wäre.*

Wir haben das letzte Nacht ausgiebig diskutiert. Gib mir ein bisschen Zeit, bevor du versuchst, sie nackt in unser Bett zu bekommen.

Gut, aber warte nicht zu lange, sonst könnte ich versuchen, für eine Weile die Kontrolle zu übernehmen.

Die Drohung war größtenteils nur Gerede, da sein Tier niemals versuchen würde, ihrer Gefährtin zu schaden oder sie zu zwingen. Doch es war nicht so, als wollte Wes sich länger als nötig in Ashleys Gegenwart zurückhalten.

Er hatte letzte Nacht beschlossen, dass er seinen Wünschen nachgeben und für sie kämpfen würde. Und sobald er sich bei etwas so Wichtigem entschieden hatte, ließ er sich nicht so schnell umstimmen.

Selbst wenn er Berge versetzen oder eine Änderung der ADDA-Richtlinien erzwingen müsste, damit sie glücklich sein konnte, Ashley Swift würde seine Gefährtin sein.

Seine Mutter stieß ihm einen Finger in die Seite und flüsterte so leise, dass ein Mensch sie nicht hören konnte. „Ich werde bald eine Schwiegertochter haben, oder?"

Es überraschte ihn nicht, dass seine Mutter sein Interesse bemerkt hatte. Er antwortete in demselben gedämpften Ton: „Wenn es irgendwie möglich ist, ja. Aber misch dich bitte nicht ein, Mom. Ich kriege das schon hin."

„Wir werden sehen, Wes. Wir werden sehen." Sie hielt einen Teller mit gestapelten Pfannkuchen entgegen. „Jetzt geh und iss mit ihr, damit ihr zwei reden könnt."

Da es meist sinnlos war – und reinste Energiever-
schwendung –, seine Mutter daran zu erinnern, dass
er seine eigenen Entscheidungen treffen konnte, glitt
er auf den Hocker neben Ashley. Als sein Bein ihres
streifte, schoss ein elektrischer Impuls seinen Oberschenkel hinauf und direkt in seinen Schwanz.

Ihre Gabel hielt auf halbem Weg zu ihrem Mund
inne, und sie begegnete seinem Blick.

Seine Menschenfrau hatte es auch gespürt.

Sein Tier summte. *Ja, natürlich hat sie das. Mach
es nochmal.*

Er wollte sein Tier nicht ermutigen, räusperte
sich und sagte: „Wir haben nach dem Essen ein bisschen Zeit, um allein zu reden. Allerdings müssen
umfassende Gespräche über Lösungen warten, weil
du heute Morgen einen Termin hast, um mit Ryan
und einem der Beschützer zu trainieren."

Ryan Ford war ein Mensch, der sich mit Gaby
Santos, einer Drachenfrau aus PineRock, gepaart
hatte. Er war aus großer Höhe fallen gelassen und
erst kurz vor dem Boden aufgefangen worden. Dabei
hatte er sich eine Rückenverletzung zugezogen und
einen langen Genesungsweg hinter sich gebracht.
Doch zwischenzeitlich trainierte Ryan wieder und
würde gute Tipps für Ashley haben, wie ein Mensch
sich gegen einen Drachenwandler verteidigen
konnte, was im Allgemeinen auch gegen stärkere
Gegner funktionieren sollte.

Und da Ryan eine Gefährtin hatte, bis über
beide Ohren verliebt war und bald Vater werden

würde, machte sich Wes' Drache keine Sorgen, dass Ashley Zeit allein mit ihm verbringen würde.

„Ich habe mich immer über seine und Toris Trainingssessions gewundert", antwortete Ashley. „Ich schätze, es kann nicht schaden, obwohl ich hoffe, dass es auch gegen Menschen effektiv ist, da ich nicht glaube, dass ich irgendwelche Drachenwandler-Feinde habe."

Er straffte seine Schultern und erklärte: „Pine-Rock ist jetzt sicher für Menschen." Es hatte Monate gedauert, diejenigen aus ihren Löchern zu treiben, die versucht hatten, Tori und Ryan, die beiden Menschen in ihrem Clan, zu verletzen, aber er hatte es geschafft. „Aber ja, es wird gegen jeden Gegner funktionieren, der stärker ist. Ich würde dich selbst trainieren, aber ich habe ein paar Clansachen, um die ich mich kümmern muss."

Sie neigte den Kopf. „Von der Sorte, die ich nicht beobachten kann? Ich habe mich immer gefragt, was du den ganzen Tag machst. Okay, ich frage mich das über alle Clanführer, aber vielleicht ein bisschen mehr über dich."

Die Tatsache, dass Ashley an seiner Arbeit interessiert war, war ein weiteres Zeichen dafür, wie richtig sie für ihn war. Besonders, da sie wusste, dass nicht alles ruhmreich war und Bewunderung erntete – es beinhaltete einen Haufen Papierkram.

Obwohl er alles mit ihr teilen wollte, schüttelte er den Kopf. „Nein, du kannst mich heute Morgen nicht begleiten. Ich vertraue dir, aber noch tun das nicht alle hier, und deine Anwesenheit könnte einige Leute dazu bringen, sich zurückzuhalten, wenn sie das nicht sollten. Gib ihnen einfach etwas Zeit, okay?" Er sollte sie nicht berühren, bis sie allein waren, nahm aber trotzdem ihre freie Hand und drückte sie sanft. „Bald werden sie sehen, was ich sehe."

Ein paar Herzschläge lang starrten sie einander nur an. Verdammt, seine Menschenfrau war so schön mit ihren blauen Augen und dem dunklen Haar.

Fügte man hinzu, dass sie verdammt intelligent war und Feuer im Blut hatte, wuchs der Drang, sie in sein Haus zu tragen und zu küssen, ins Unermessliche.

Nein. Er konnte den Clan nicht ungeschützt oder unvorbereitet lassen. Wenn – nicht falls – Wes seinen Gefährtenrausch hatte, musste er sicher sein, dass sein Clan auf ein paar Wochen seiner Abwesenheit vorbereitet war.

Sein Drache meldete sich. *Dann fang heute damit an, daran zu arbeiten. Denn in dem Moment, in dem sie auch nur andeutet, dass sie uns will, und wir sie ohne andere in Gefahr zu bringen beanspruchen können, werde ich es tun.*

Ashley drückte seine Hand etwas fester, was seine Aufmerksamkeit zurück zu ihrem Gespräch lenkte. „Das wird dann das Erste sein, das ich auf meine Liste der Dinge setze, die du mir später zeigen wirst."

Er hob die Augenbrauen. „Jetzt gibt es eine Liste?"

Sie lächelte, und er hörte einen Moment auf zu atmen. Wie er ihr so lange hatte widerstehen können, wusste er wirklich nicht.

Irgendwie hörte er ihre Antwort. „Es schien nur fair, da du eine Liste für mich hast." Sie lehnte sich ein paar Zentimeter näher, ihr Duft noch intensiver. „Obwohl ich dafür sorgen werde, dass du jeden Punkt auf meiner Liste ausführst. Ich hoffe, du wirst keine extremen Maßnahmen ergreifen, mich absichtlich zu nerven."

„Ah, aber weißt du, es macht Spaß, deine Wangen erröten und das Feuer in deinen Augen lodern zu sehen. Also bin ich mir nicht sicher, ob du mich da umstimmen kannst."

Sie flüsterte: „Das werden wir ja sehen."

Wenn seine Mutter nicht im selben Raum gewesen wäre, hätte er vielleicht versucht, seine freie Hand zwischen ihre Beine zu schieben. Er konnte ihre Erregung riechen und glaubte nicht, dass sie ihn abweisen würde.

Doch seine Mutter *war* da. Was eine kluge Idee gewesen war, um zu verhindern, dass sie sich wie hormongesteuerte Teenager verhielten, war jetzt lästig.

Ashley war viel zu verlockend.

Sein Drache meldete sich zu Wort. *Dann lass sie essen, damit wir unter vier Augen mit ihr reden können. Vielleicht lässt sie dich dann ihre Haut küssen, oder vielleicht sogar mehr.*

Gefährtenrausch kommt noch nicht in Frage, Drache.

Es gibt viel, was du tun kannst, ohne ihn auszulösen.

Das war nicht nur wahr, sondern Wes war einer von wenigen, die wussten, dass Drachenwandler Sex mit ihren wahren Gefährten haben konnten, ohne einen Gefährtenrausch auszulösen. Vorausgesetzt natürlich, sie vermieden es, einander auf die Lippen zu küssen.

Nicht, dass Wes seine Gefährtin ganz beanspruchen würde, bis er sie auch küssen konnte.

Den süßen Honig zwischen ihren Schenkeln wollte er jedoch definitiv genießen.

Er musste all seine Willenskraft zusammenkratzen, um ihre Hand loszulassen, und schob ihren Teller noch ein wenig näher. „Iss fertig, Ash. Schnell."

Und die Tatsache, dass sie das ohne den geringsten Widerstand tat, sagte ihm, dass sie es genauso eilig hatte, mit ihm allein zu sein.

Während er sein restliches Essen in den Mund schaufelte, beobachtete er seine Menschenfrau. Er wollte so viel wissen – von Kleinigkeiten wie ihrem Lieblingsgetränk, bis zu Größerem wie der Frage, wie sie sich in seinem Bett verhalten würde –, doch vorerst begnügte er sich damit, ihr einfach beim Essen zuzusehen.

Er würde sie nicht drängen, aber er hoffte verdammt nochmal, dass sie bald fertig sein würde. Er wollte jeden Moment vor ihrer Trainingseinheit nutzen und das Beste daraus machen.

Ashley spürte Wes' Blick die ganze Zeit, während sie aß, auf sich, doch sie aß trotzdem nicht weniger als normal.

Sicher, in ihrem Magen flatterten ein paar Schmetterlinge, aber sie war hungrig. Und sie wollte nicht den Eindruck erwecken, dass ein Starren oder intensiver Blick von Wes sie dazu bringen würde, ihr Verhalten zu ändern.

Einer der Vorteile, so lange mit Drachenwandlern zu arbeiten, war, dass sie die Dominanzskala besser verstand als die meisten Menschen. Und auch, wenn sie nicht über ihm stehen wollte, wollte sie auf Augenhöhe mit ihm sein.

Nun, für die meisten Dinge. Der Gedanke, dass er ihre Handgelenke über ihrem Kopf festhielt, während er hart in ihre Pussy stieß, machte sie schon ein bisschen feucht.

Hör auf, Swift. Er wird es bemerken.

Aus dem Augenwinkel sah sie, dass sein intensiver, glühender Blick sich nicht verändert hatte. Nicht einmal seine Pupillen blitzten. Vielleicht hatte er es doch nicht bemerkt.

Sobald sie satt war und etwas Wasser hinterhergetrunken hatte – dankbar, dass sie sich schon die Zähne geputzt hatte, um den morgendlichen Mundgeruch zu verbannen –, drehte sie sich mit einem Lächeln zu Wes um.

Diesmal blitzten seine Pupillen zwischen rund und geschlitzt hin und her. Manche würden bei diesem Anblick weglaufen, aber es ließ ihre Brustwarzen nur härter werden.

Das Interesse eines Drachenwandlers zu haben, konnte berauschend sein.

Sie räusperte sich und zwang ihren Blick zu Cynthia. „Danke für das Frühstück. Es war köstlich."

„Gern geschehen. Ich erwarte dich heute Abend zum Abendessen zurück. Sorg' dafür, dass das passiert, okay, Wes?" Wes grunzte, und seine Mutter fügte hinzu: „Jetzt geht und klärt, was ihr zu klären habt. So wie es jetzt ist, könnte ich ein Messer benutzen, um die Spannung zwischen euch beiden zu schneiden."

Obwohl Wes' Blicke sie nicht hatten erröten lassen, erhitzten sich ihre Wangen angesichts der Bemerkung seiner Mutter.

Wenn sie die Anziehung bemerkte, die zwischen ihnen knisterte, wie zum Teufel sollten sie es vor allen anderen verbergen, bis sie bereit waren?

Und ja, sie hatte sich gerade quasi selbst eingestanden, dass sie eines Tages wollte, dass jeder von ihr und dem Clanführer wusste.

Wes streckte eine Hand aus. „Komm."

Ashley traute ihrer Stimme nicht, also legte sie

lediglich ihre Hand in seine. In dem Moment, als Haut auf Haut traf, registrierte sie kaum seine Wärme, bevor Wes sie aus der Küche und zur Schiebetür im Wohnzimmer zog. „Wohin gehen wir? Ich bin nicht mal richtig angezogen."

„Keine Sorge. Ich habe einen geheimen Pfad zwischen meinem Haus und dem meiner Mom, einen, wo uns niemand sehen kann, es sei denn, er benutzt eine Leiter oder fliegt über uns."

Als er die Glastür entriegelte, seufzte sie. „Bleibt immer noch das Problem, dass ich keine Schuhe anhabe, von einer Hose ganz zu schweigen."

Sobald die Tür offen war, drehte er sich zu ihr, seine Pupillen blitzten. „Ich werde dich tragen."

Bevor sie mehr tun konnte, als den Mund zu öffnen, hatte Wes sie schon hochgehoben. In dem Moment, als sie gegen seine harte, warme Brust prallte, schmiegte sich ihr ganzer Körper sofort an seine Form.

Verdammt nochmal, dieser Mann. Selbst wenn sie protestieren sollte, hatte ihr Körper andere Ideen.

Entschlossen, zumindest etwas Kontrolle in der Situation zu behalten, knurrte sie: „Du sollst mich um meine Erlaubnis bitten, bevor du mich einfach herumträgst."

Er hob die Augenbrauen. „Möchtest du lieber auf dem kalten Boden laufen?"

Zwar war es Frühling, doch in der Tahoe-Region bedeutete das nicht gerade, dass es sonderlich warm war. „Natürlich nicht. Dein ritterliches Verhalten hat einen klitzekleinen Schönheitsfehler – ich habe auch keine Jacke an, was noch schlimmer ist."

Er drückte sie fester an seinen Körper. „Ich werde dich warmhalten."

Bei jedem anderen Mann hätte sie die Augen verdreht. Doch Wes strahlte eine so köstliche Wärme aus, dass sie sich unwillkürlich an ihn kuschelte.

Er lachte. „Ich denke, dir gefällt das."

Sie murmelte: „Ich mag es trotzdem, gefragt zu werden."

„Nächstes Mal mache ich das." Er küsste ihre Stirn, und ihr Herz setzte einen Schlag aus. Seine festen, doch weichen Lippen auf ihrer Haut ließen ihren Bauch Purzelbäume schlagen und ihr Innerstes pulsieren.

Was würde passieren, wenn er sie tatsächlich auf die Lippen küsste?

Sie erinnerte sich daran, dass sie seine wahre Gefährtin war und fand ihre Stimme wieder. „Gut. Dann solltest du besser einen Schritt zulegen, bevor ich erfriere."

Die Mundwinkel zogen sich nach oben. „Denk daran – du wolltest es so."

Er trat hinaus, schloss die Tür und rannte einen Pfad mit hohen Hecken auf beiden Seiten hinunter.

Nicht, dass sie mehr erkennen konnte, als dass es Hecken waren, da alles nur so an ihr vorbeiflog.

Als der Wind ihre Haut kühlte, lehnte sie sich mehr in Wes, was er als Ansporn interpretierte, sie noch fester an seine Brust zu drücken. Er rannte noch schneller, bis sie ein anderes Haus erreichten und eintraten, bevor sie mehr erkennen konnte, als dass es dunkelbraun war.

Wes war nicht einmal außer Atem, als er die Tür aufschloss und fragte: „War das schnell genug?"

Sie schnaubte. „Vielleicht. Ich bin sicher, in deiner Drachengestalt bist du noch schneller."

Seine Pupillen blitzten ein paarmal, bevor er antwortete: „Ermutige mein Tier nicht. Jetzt wird er an nichts anderes denken, als zu wandeln, um anzugeben."

Ashley hatte Wes' Drachen einmal gesehen und erinnerte sich nur, dass er ein schwarzer Drache war. „Vielleicht kann er später rauskommen. Ich hatte nie wirklich die Gelegenheit, deinen Drachen aus der Nähe zu studieren."

Wes' Pupillen wurden ein paar Sekunden lang zu Schlitzen, bevor sie wieder rund wurden. „Toll, jetzt muss ich mit meinem Drachen verhandeln, um auf absehbare Zeit in menschlicher Gestalt zu bleiben."

Er ließ sie an seinem Körper heruntergleiten, und jede Erwiderung, die sie auf den Lippen hatte, war vergessen.

Sobald sie stand, lehnte sie sich instinktiv an ihn. Wes schlang seine Arme um sie und flüsterte: „Lass mich dich aufwärmen, dann reden wir."

Ihr Körper war bereits in Flammen, dank der Umarmung des großen, muskulösen Drachenmannes, doch sie nickte nur und legte ihren Kopf an seine Schulter.

Er konnte zweifellos die harten Spitzen ihrer Brustwarzen spüren und ihre Erregung riechen, doch es war Ashley egal. Hier und jetzt war sie umgeben von Wärme, Sicherheit und etwas anderem, das sie nicht ganz definieren konnte.

Sie fragte sich, wie zum Henker es ihr all die Jahre gelungen war, ihm zu widerstehen.

Wes brach schließlich das Schweigen. „Ich wünschte, ich könnte dich den ganzen Tag halten, aber du weißt, dass ich das nicht kann. Wenn du reden möchtest, müssen wir es bald tun."

Sie hielt ihn noch ein paar Sekunden länger fest und genoss die Mischung aus Gefühlen, die er hervorrief, bevor sie den Kopf hob. „Okay, dann lass uns reden, angefangen mit der krassen Veränderung deines Verhaltens. Woher kommt das?"

Er zuckte mit einer Schulter. „Ich habe mich entschieden, aufzuhören, dagegen anzukämpfen. Ich will dich als meine Gefährtin, Ashley Swift. Und ich bin bereit, alles zu tun, was nötig ist, um das zu erreichen."

Kapitel Acht

Vielleicht hätte Wes seine Absichtserklärung etwas vorsichtiger formulieren sollen, aber er hatte nur begrenzte Zeit mit seiner Frau und wollte keine Sekunde vergeuden.

Wenn sie ihn auch wollte, würden sie nur einen kleinen Teil ihrer gemeinsamen Zeit heute Morgen mit Reden verbringen.

Sein Drache grunzte. *Ich sage, weniger reden und mehr küssen, lecken und genießen.*

Er ignorierte sein Tier und wartete auf Ashleys Antwort.

Sie suchte etwa eine halbe Minute lang seinen Blick, bevor sie antwortete: „Vielleicht ist es verrückt, das zu sagen, aber ich glaube, es würde mir gefallen, deine Gefährtin zu sein, Wes. Allerdings gibt es vorher noch eine Menge zu tun."

Sein Tier brüllte vor Begeisterung. Wes legte

eine Hand an Ashleys Wange und sagte: „Ich weiß, dass es viel zu tun gibt. Aber ich will ganz sicher gehen, Ash. Denn Drachen hängen extrem an ihren Gefährten, wie du weißt. Und ich kann nicht einfach so meine Meinung ändern, wenn du kalte Füße bekommst."

Feuer blitzte in ihren Augen, und das linderte seine Unruhe ein wenig. „Ich kenne dich seit Jahren. Verdammt, ich habe meine Verlobung gelöst, weil mir klargeworden ist, dass es falsch wäre, jemand anderen zu heiraten, wenn ich nur von dir träume. Also habe ich mich mit einem Leben abgefunden, in dem ich jemanden will, den ich nie haben kann." Sie packte sein Hemd und zog daran. „Also, wenn ich sage, dass ich dich will, meine ich es so. Alles, was ich brauche, ist dein Versprechen, dass wir zwei Dinge tun – erstens, wir werden einen Weg finden, weiter Drachen zu helfen, und zweitens, dass du deine Alpha-Besitzgier vor anderen weitgehend im Griff behältst, bis wir das geregelt haben."

Sag ja. Mach schon, mach schon! Dann können wir zumindest ihre Haut schmecken. Vielleicht sogar ihre Pussy.

Er strich mit seinem Daumen über ihre Wange und antwortete: „Das verspreche ich." Wes beugte sich noch näher. „Und ich denke, es ist Zeit, ein bisschen zu feiern."

Er hörte, wie Ashleys Herz noch schneller pochte. „Ich weiß schon, dass du nicht nur körperlich stark bist, da du mir so lange widerstanden hast.

Aber, ähm, welche Art von Feiern kannst du machen, ohne zu weit zu gehen?"

Er nahm sich einen Moment, um seine Wange an ihrer zu reiben, und sowohl Mann als auch Tier stöhnten fast. Wes hatte so lange davon geträumt, das zu tun, und so viel mehr. Und es sah aus, als wäre er im Begriff, seine Träume wahr werden zu lassen.

Als Ashley ihre Nägel in seine Brust grub und ein leises Stöhnen ihren Lippen entkam, lächelte er und antwortete: „Ich kann dich nicht auf die Lippen küssen, bis wir sicher sind, dass alles geklärt ist, aber lass mich dir zeigen, wie sehr ich dich will, wenigstens einen Bruchteil davon. Lässt du mich das tun, Ash?"

Ihre Lippen streiften seinen Kiefer, und Wes stöhnte. Ihre heisere Stimme flüsterte in sein Ohr: „Solange ich dir auch was zeigen darf."

Er konnte sich nicht länger zurückhalten, lehnte sich zurück und riss ihr keinen Atemzug später das Hemd vom Leib. Ashley keuchte, bog dann aber den Rücken durch und präsentierte ihm ihre wunderschönen Brüste. Er nahm die Einladung an, beugte sich hinunter und leckte erst eine straffe Knospe, dann die andere.

Als ihre Nägel sich in seinen Hinterkopf gruben und sie versuchte, ihn nach unten zu drücken, wurde sein Schwanz steinhart. Sie sagte: „Küss mich überall, wo du kannst, Wes. Aber beeil dich, ich will auch mal."

Für eine Sekunde glaubte Wes zu träumen.

Doch dann gruben sich ihre Nägel tiefer in seine Haut und erinnerten ihn daran, dass dies kein Traum war.

Ashley Swift, seine wahre Gefährtin, war bis auf das Höschen nackt und bettelte ihn praktisch darum, mit ihren Nippeln zu spielen.

Und deutete an, dass sie seinen Schwanz lutschen wollte.

Sein Drache brüllte. *Hör auf zu denken und zu staunen. Mach endlich!*

Mit einem Knurren nahm Wes eine ihrer festen Nippel zwischen seine Lippen und saugte daran. Hart.

Ashley stöhnte laut und der Duft ihrer Erregung wurde stärker.

Er konnte nicht widerstehen, ließ seine Hand über ihren Bauch gleiten und auf ihre Pussy über ihrem Höschen.

Nachdem er sie losgelassen hatte, murmelte er: „Ich glaube, da ist noch ein Teil von dir, der sich sehnt, nein schmerzt nach meinen Lippen, meiner Zunge, meinen Zähnen. Nicht wahr?"

„Ja", hauchte sie.

Er rieb seine Handfläche gegen ihre Klitoris und genoss, wie sie sich mit ihm bewegte. Seine Stimme war rau, als er sagte: „Sag, dass du willst, dass ich diese Pussy lecke, als gäbe es kein Morgen, bis du meinen Namen schreist und auf meiner Zunge explodierst."

Manche Frauen wurden von seinem schmutzigen Gerede abgeschreckt, aber nicht seine Menschenfrau. Sie schob seine Hand weg und zog den Schritt ihres Höschens beiseite. „Bitte, Wes. Ich bin seit Jahren feucht für dich. Berühr mich."

Er brauchte keine weitere Einladung, ging auf die Knie, riss ihr das Höschen vom Leib und schob sie gegen die Wand. Als er eines ihrer Beine über seine Schulter legte, lief ihm angesichts ihrer triefend nassen Pussy das Wasser im Mund zusammen.

Als er mit einem Finger über ihre Scham strich, quoll ein Tropfen Vorsamen aus seinem Schwanz, so nass war sie. Für ihn.

Sein Tier stöhnte. *Beeil dich und koste sie, leck sie. Lass sie wissen, wie sehr wir sie wollen.*

Bald. Zuerst will ich sie ein bisschen foltern.

Er schob seinen Finger in sie hinein, und Ashley bog den Rücken durch, als sie herausplatzte: „Ich wünschte, das wäre dein Schwanz, Wes."

Also war seine Menschenfrau ein bisschen versaut, wenn sie nackt war. Sie war einfach zu verdammt perfekt. „Bald, Ash. Aber nicht heute."

Sie wimmerte, und er hätte sie fast umgedreht und von hinten genommen.

Doch irgendwie schaffte Wes es, sich zurückzuhalten. Solange er sie nicht mit seiner Zunge zum Orgasmus gebracht hatte, würde er seinen Schwanz nicht auch nur in die Nähe ihrer Pussy bringen.

Mit ihrer eigenen Nässe liebkoste er ihre harte, kleine Klitoris, genoss, wie ihre Hüften zuckten, als versuchte sie, ihn dazu zu bringen, sie dort zu berühren, wo sie ihn haben wollte.

Er zog seinen Finger aus ihr heraus, senkte schließlich seinen Kopf und ließ seine Zunge leicht gegen ihre harte Knospe schnalzen.

„Wes! Oh Gott, bitte. Härter."

Noch nicht bereit, sie kommen zu lassen, übte er nur wenig Druck aus, ließ seine Zunge um ihre Klitoris kreisen, bevor er zu ihrer Öffnung wanderte. Er stieß ein paarmal langsam in sie hinein, stöhnte über ihren süßen Geschmack. Schließlich konnte er nicht anders, als zu flüstern: „Du bist so verdammt perfekt. Ich könnte dich den ganzen Tag lecken."

Sie zog an seinen Haaren, bevor sie ihn an sich drückte. „Später. Du kannst dir später Zeit lassen. Bitte, Wes. Ich will deinen Finger in mir, während du mich kommen lässt."

Sein Tier summte zustimmend, doch Wes schenkte ihm keine Aufmerksamkeit. Sein Mund senkte sich auf ihre straffe Knospe, während er einen Finger in sie stieß. Sie war so nass, heiß und eng.

Verdammt, er wollte ihre Hitze um seinen Schwanz spüren.

Da das jetzt nicht passieren würde, saugte er an ihrer Klitoris, während er mit einem zweiten Finger eindrang. Während er in sie stieß, leckte, kreiste und biss er sogar leicht in ihr Nervenbündel, bis Ashley hektisch atmete und ihre Nägel tief in seine Kopfhaut grub.

Er stieß ein letztes Mal hart zu, während er etwas

fester zubiss. Ashley schrie auf, als sie um seine Finger zu zucken begann.

Er musste ihren Orgasmus schmecken, zog seine Finger heraus und ersetzte sie mit seiner Zunge, stöhnte über den Geschmack ihres süßen Nektars, liebte, wie sie ihn umklammerte, als wollte sie ihn nie wieder loslassen.

Er könnte das tausendmal tun, und es würde ihm nie langweilig werden.

Als sie sich schließlich gegen die Wand entspannte, zog Wes seine Zunge zurück und blickte zu ihr auf, genoss den Anblick ihrer geröteten Wangen und ihren schweren Atem.

Er öffnete schnell seinen Reißverschluss und zog seinen Schwanz heraus. Während er ihn streichelte, beugte er sich vor, um ihre Pussy wieder mit seinem Mund zu liebkosen. Einmal war definitiv nicht genug.

Doch Ashley nahm sein Kinn in ihre Hand und zwang ihn, sie anzusehen. „Nein", sagte sie.

Einen Moment lang fragte er sich, ob sie bereute, was sie gerade getan hatten. Doch dann lächelte sie langsam und leckte sich die Lippen. „Jetzt bin ich dran."

Er hätte fast sofort abgespritzt, drückte aber auf die Kuppe seines Schwanzes, um ihn zu zähmen.

Ashley sagte: „Steh auf."

Und Wes konnte nichts anderes tun, als zu gehorchen, da er es nicht erwarten konnte, dass eine seiner heißesten Fantasien wahr wurde.

Ashley war noch nie zuvor so selbstbewusst mit einem Mann gewesen, aber etwas an Wes machte sie kühn, fordernd und ehrlich.

Und mehr zu jemandem hingezogen als je zuvor in ihrem Leben.

Als der Nebel ihres Orgasmus verflog, wollte sie nichts mehr, als ihm dasselbe zu geben, was sie bekommen hatte. Nicht nur, weil es fair war oder irgendein anderer Mist. Nein, sie sehnte sich tatsächlich danach, Wes zu schmecken und für eine Weile ihr ausgeliefert zu sehen.

Er hatte nicht Nein gesagt, als sie gesagt hatte, dass sie dran sei, und stand auf, seine Hand immer noch um seinen Schwanz. Sie starrte ein paar Sekunden in seine blitzenden Drachenaugen, bevor sie auf die Knie ging.

Und selbst dann hielt Wes seine Hand fest um die Spitze seines Schwanzes geschlossen. Sie legte ihre Hand auf seine und flüsterte: „Lass los und zeig ihn mir."

Er tat es und enthüllte den langen, harten Schwanz, der ihr entgegenragte. Sie hatte Gerüchte gehört, dass Drachenwandler gut bestückt seien, aber Wes war lang und dick, und sie hätte schwören können, dass sein Schwanz umso mehr zuckte, je länger sie ihn anstarrte.

Wes' angespannte Stimme zog ihre Aufmerksamkeit auf sich. „Wenn du weiter so starrst und dir die

Lippen leckst, Ash, halte ich nicht mehr lange durch."

Sie hatte nicht einmal bemerkt, dass sie das tat. „Also stimmt das Gerücht über die Ausdauer eines Drachenmannes doch nicht?"

Er knurrte. „Natürlich stimmt es, verdammt. Aber ich will dich seit Jahren, habe mir vorgestellt, wie sich dein süßer Mund um mich anfühlt. Und mit deinem Geschmack noch auf meiner Zunge ist es einfach zu viel. Das erste Mal war ich gierig, aber das nächste Mal werde ich es so lange hinauszögern, dass du darum betteln wirst."

Sie blickte zu ihm auf. „Das werde ich auf meine Liste setzen."

Doch bevor Wes etwas sagen konnte, strich sie mit ihrem Finger über die Spitze seines Schwanzes, verteilte die Feuchtigkeit dort und bemerkte kaum Wes' schnelles Einatmen.

Ashley war weit davon entfernt, Jungfrau zu sein, aber nie hatte ein Mann fast allein durch eine Berührung ihrer Finger abgespritzt. Sie fragte sich, wie sie ihn sonst noch heiß machen konnte, wie er es mit ihr getan hatte.

Sie bewegte ihre Hand zur Basis und packte zu.

Wes' Hand schoss zu ihrem Kopf und drückte sie an ihn. „Ich habe noch nie gebettelt, aber ich bin kurz davor, wenn du dich nicht beeilst."

Sie lächelte. „Kein Betteln nötig."

Sie öffnete ihren Mund und leckte einmal, zweimal, dreimal über die Spitze, genoss, wie Wes ihr bei jeder Neckerei mit den Hüften entgegenstieß.

Und obwohl ihr diverse Arten einfielen, ihn länger zu quälen, pulsierte ihr Innerstes, begierig, ihn zu saugen und zu schmecken. Er hatte gesagt, sie schmecke besser als alles, was er je gehabt hatte, und sie war neugierig, ob es bei ihm genauso war.

Sie wollte ihren Drachenmann nicht länger warten lassen, nahm ihn in den Mund und saugte. Wes fluchte und grub seine Hand in ihr Haar. „Verdammt, ja. Nimm mich tiefer, Liebes. Ich will mehr von dir spüren."

Auch wenn sie ihn wahrscheinlich nie ganz aufnehmen konnte, fand sie einen Rhythmus, nahm ihn bei jedem Vor und Zurück ihres Kopfes ein wenig tiefer auf.

Unter ihrer Hand an seinem Oberschenkel spürte sie seine Muskeln zittern, so wie ihre es getan hatten. Doch sie wollte es weiter treiben, schob die Hand zwischen seine Beine und legte sie um seine Hoden.

Wes brüllte und stieß in ihren Mund. Bald hatten sie einen gemeinsamen Rhythmus, und Ashley fand heraus, dass er es mochte, wenn seine Eier gedrückt wurden, oder wie sie ihre Zunge kreisen lassen musste, um ihn zum Stöhnen zu bringen.

Es hatte etwas Berauschendes, so viel Macht über einen Mann zu haben.

Nein, einen Drachenmann. Und sie würde dafür

sorgen, dass keine andere Frau je wieder diese Macht über Wes haben würde.

Er gehörte ihr.

Sie wollte nicht weiter über diese Erkenntnis nachdenken und bewegte sich schneller, bis Wes stöhnte: „Ich komme gleich, Liebes."

Wenn er erwartete, dass sie sich zurückzog, würde er enttäuscht sein. Sein männlicher Duft hatte sie nur noch gieriger gemacht.

Als er schließlich erstarrte und explodierte, schluckte Ashley jeden letzten Tropfen.

Schließlich schob Wes ihren Kopf zurück, und sie ließ ihn los, blieb jedoch ein paar Sekunden, um die Kuppe ein letztes Mal zu lecken. Er zog sanft an ihren Haaren, damit sie aufblickte, und sie tat es. Eine Sekunde lang sah sie eine Mischung aus den üblichen Emotionen, die ein Mann nach einem Orgasmus hatte – Lust, Glückseligkeit und Zufriedenheit.

Doch da war auch eine Zärtlichkeit, die sie dazu brachte, aufzustehen und ihn halten zu wollen.

Also tat sie es und nahm seine Wangen in ihre Hände. Wes legte seine Arme um sie und platzierte eine besitzergreifende Hand auf ihrem Po. „Das war besser als jede verdammte Fantasie, Ash. Du bist mein wahrgewordener Traum."

Sie strich mit ihren Fingern über seinen Kiefer und wünschte sich fast, er hätte ein paar Stoppeln. „Ich glaube, dein Schwanz spricht immer noch."

Seine Pupillen blitzten, und er drückte sie fester

an sich. „Nein, ich meine es so. Du bist in jeder Hinsicht mein perfektes Gegenstück – von deinem Feuer über deine Sturheit bis zu deiner albernen Liste und – vor allem – deinem perfekten kleinen Mund. Wir mögen keine Zeremonie gehabt oder irgendwas offiziell gemacht haben, aber für mich bist du schon meine Gefährtin, Ashley Swift. Keine andere Frau wird je mit dir mithalten können."

Das sollte sie ängstigen oder vielleicht ein bisschen nerven, weil sie kein Mitspracherecht hatte, aber aus irgendeinem Grund fühlten sich seine Worte einfach richtig an.

Sie war sich nicht sicher, ob sie in ihre Wohnung voller Regenbogen zurückkehren und wieder ein einsames Leben führen könnte. Sie sehnte sich danach, Teil von etwas zu sein, einen Partner zu haben, zu lieben und geliebt zu werden.

Und all das wollte sie mit Wes.

Nicht nur wollte – sie würde es mit ihm haben.

Sie antwortete schließlich: „Es stört mich nicht, wenn du solche Sachen sagst, wenn wir allein sind, aber noch nicht in der Öffentlichkeit, okay? Es gibt immer noch die kleine Sache, dass ich hierbleiben und einen Weg finden muss, meinen Job beim ADDA zu behalten, um Drachenwandlern helfen zu können."

Er streichelte ihren Rücken in langsamen Kreisen, was sie noch mehr gegen seine harte Brust lehnen ließ. Seine Stimme grollte, und die Vibrationen an ihren Nippeln ließen sie vor Verlangen seufzen. „Das bedeutet nur, dass wir so schnell wie möglich eine Lösung finden müssen. Denn ich will nicht, dass irgendein anderer Mann denkt, er hätte eine Chance bei dir."

Ein Mundwinkel zog sich nach oben. „Bei mir, der ADDA-Tussi, die Befehle bellt und Regeln festlegt? Ich glaube nicht, dass du dir da Sorgen machen musst."

„Das hat mich verdammt nochmal angezogen, also unterschätze es bloß nicht."

Sie seufzte, küsste die Stelle, wo sein Hals auf seine Brust traf, und murmelte: „Ich glaube, ich muss dein Drachen-Ego nochmal beruhigen, bevor ich zum Training gehe, damit du nicht anfängst, jeden Mann anzuknurren, mit dem ich in Kontakt komme."

Er neigte ihren Kopf mit seinen Fingern nach oben. „Es gibt eine Möglichkeit, das zu tun und Spaß dabei zu haben, denke ich."

„Oh?"

Seine Pupillen blitzten ein paarmal, bevor er knurrte: „Lass mich dich in den nächsten zwanzig Minuten noch zweimal zum Schreien bringen. Das wird Mann, Tier und meine Frau glücklich machen."

Allein der Gedanke, dass Wes ihre Pussy leckte oder ihre Klitoris liebkoste, ließ wieder Nässe zwischen ihre Beine schießen. „Ich will ja sagen, aber vielleicht sollten wir versuchen, ein bisschen echte Arbeit zu erledigen?"

Er hob sie hoch, bis sie ihre Beine um seine Taille

schlingen musste. Sein Schwanz war immer noch hart und presste nun direkt auf ihr Nervenbündel.

So nah und doch so fern.

Er bewegte seinen Mund zu ihrem Ohr und flüsterte: „Herausforderung angenommen. Ich werde dich in zehn Minuten zweimal zum Schreien bringen, und dann haben wir noch ein bisschen Zeit, um über Arbeit und die Zukunft zu sprechen."

Bevor sie Ja oder Nein sagen konnte, trug Wes sie ins Wohnzimmer, setzte sie auf die Sofalehne und kniete sich zwischen ihre Schenkel.

Ashley vergaß schnell alles außer Wes' Zunge, seinen Fingern und sogar ein bisschen Necken mit einer seiner Krallen.

Ihr Drachenmann wusste, wie man sie ablenkte, das war offensichtlich. Das bedeutete, dass Ashley einen Weg finden musste, ihm zu widerstehen.

Aber noch nicht. Nein, sie wollte gründlich abgelenkt werden, bis sie seinen Namen noch zweimal geschrien hatte.

Kapitel Neun

Zwei Stunden später stützte Ashley sich auf ihre Oberschenkel, atmete schwer und versuchte, nicht an den Muskelkater zu denken, den sie am nächsten Morgen haben würde. „Wie zur Hölle machst du das fast jeden Tag?"

Ryan Ford lächelte sie an. „Du musst einfach ein bisschen Ausdauer aufbauen."

Eine Frauenstimme, die sie erkannte, drang zu ihr herüber. „Die übrigens für mehr als nur Training nützlich ist."

Ashley richtete sich ganz auf, wandte sich der Drachenfrau namens Gaby Santos-Ford zu und schnaubte. „Ich schwöre, Drachen denken nur an Sex."

„Nicht nur. Aber es macht das Leben definitiv viel lustiger." Gaby ging – oder besser watschelte, da sie im achten Monat schwanger war – zu ihrem Gefährten und lehnte sich an Ryan. „Bring sie nur nicht aus Versehen um, okay, Ryan? Ich glaube, Wes mag sie."

Ashley setzte ihre Erfahrung ein, um ihre Emotionen nicht zu zeigen. Während es ihr bei Wes kaum noch gelang, sie zu verbergen, wurden ihre Wangen bei Gaby oder Ryan nicht rot. „Ihr zwei solltet mich auch mögen, wenn man bedenkt, dass ich die Drachenlotterie organisiert und euch beide ausgewählt habe, um daran teilzunehmen. Sonst wärt ihr jetzt nicht Gefährten und hättet ein Baby auf dem Weg, oder?"

Gaby kicherte. „Nein. Aber ich gebe zu, dass ich dich ein paar Jahre lang verflucht habe, weil du meinen Namen nie für die Lotterie ausgesucht hast. Doch im Ernst, ich glaube nicht, dass ich dir je richtig gedankt habe. Ohne dich hätte ich Ryan nie gefunden."

Als das Paar einander liebevoll ansah, jeder mit einer Hand auf Gabys rundem Bauch, schoss ein Hauch von Neid durch Ashleys Körper.

Es sollte keine Rolle spielen, da sie Wes im Grunde für sich hatte. Doch Ryan und Gaby konnten zärtlich sein, sich umarmen oder sich necken, ohne dass jemand sie kritisch beäugte.

So ganz anders als Ashley und Wes.

Der Anblick des verliebten Paares machte Ashley nur entschlossener, ein Schlupfloch zu finden, mit dem sie ihren Job behalten und gleichzeitig ihren Mann beanspruchen konnte. Und zwar schnell.

Apropos, sie warf einen Blick auf die Uhr, bevor sie zu ihren Sachen am Rand des großen Trainingsraums ging. „Ich soll Wes treffen und dann Tori besuchen, also sollte ich los."

Ryan antwortete: „Kommst du morgen wieder zum Training?"

Sie nahm ihre Handtasche, Wasserflasche und Handtuch. „Ich versuch's, aber ich weiß erst heute Abend, ob ich Zeit haben werde. Ich schick' dir eine Nachricht."

Ashley winkte zum Abschied, als sie den Raum verließ. Doch nach ein paar Schritten in den Flur packte jemand ihr Handgelenk. Sie blickte auf und traf den entschlossenen, braunäugigen Blick von PineRocks Sicherheitschefin, Cris Juarez. Ashley runzelte die Stirn. „Ich dachte nicht, dass ich einen Termin mit Ihnen habe."

„Hatten Sie auch nicht, aber jetzt haben Sie einen. Schweigen Sie, bis wir in meinem Büro sind."

Aus der Zeit, die sie zuvor mit der Drachenfrau verbracht hatte, wusste Ashley, dass es besser war, keine Erklärungen zu verlangen, bis sie in ihrem Büro waren.

Cris' schroffe Art mochte für manche respektlos wirken, doch Ashley wusste, dass die Drachenfrau für ihren Clan eine Fassade aufrechterhalten musste. Es gab nicht viele weibliche Sicherheitschefs in den USA – zumindest nicht, soweit Ashley wusste –, was bedeutete, dass Cris besonders vorsichtig sein musste, wie sie sich verhielt, oder sie würde von ihren männlichen Kollegen herausgefordert werden.

Vielleicht nicht innerhalb des Clans selbst, da sie Cris gegenüber loyal waren, aber es war nicht ausgeschlossen, dass ein nahegelegener Clan versuchen könnte, die Position des Sicherheitschefs im Tahoe-Gebiet zu beanspruchen. Es gab vier Clans, und irgendwann waren sie durch ständige Herausforderungen immer wieder unter neue Führung gekommen, bis vor einigen Jahren eine Vereinbarung getroffen worden war.

Nun konnten nur extrem schlimme Situationen oder ein nachweisbarer Mangel an Fähigkeiten eine Herausforderung rechtfertigen.

Während Ashley darüber nachdachte, dass sie und Cris beide eine Fassade für ihre männlichen Kollegen aufrechterhalten mussten, erreichten sie bald das Hauptquartier der Beschützer.

Sie achtete kaum auf das hohe Betongebäude, da sie es schon hundertmal gesehen hatte. Sobald Cris die Tür zu ihrem Büro schloss, ließ die Drachenfrau Ashleys Hand los und sagte ohne Umschweife: „Einer meiner Beschützer hat ungewöhnliche Aktivitäten auf der Hauptstraße nach PineRock bemerkt. Kurz gesagt: Ein paar Liga-Arschlöcher schnüffelten auf einigen der nahegelegenen Wanderwege herum, als versuchten sie, einen Weg zu Fuß hierher zu finden."

Also war die Konfrontation von gestern Abend – war es wirklich erst gestern gewesen? – schon jetzt im Begriff, ihr in den Arsch zu beißen. „Sie werden nach mir suchen, keine Frage."

Cris nickte. „Mein Mann Andre hat einiges von ihren Gesprächen mitgehört. Die Liga-Typen sind entschlossen, einen weniger offensichtlichen Weg nach PineRock zu finden, damit sie die Menschen hier *retten* und sicherstellen können, dass du keine anderen herkommen lässt."

Ashley hob die Augenbrauen. „Nun, wenn man bedenkt, dass sie nicht auf die Idee gekommen sind, dass ihr Wachen aufstellen oder nach möglichen Bedrohungen Ausschau halten würdet, scheint nur eine geringe Gefahr von ihnen auszugehen, oder?"

„Vielleicht. Aber es ist das erste Mal seit mehr als zehn Jahren, dass Liga-Dummköpfe sich näher als zehn Meilen an PineRock herangewagt haben. Da du unser ADDA-Kontakt bist, ganz zu schweigen davon, dass du ein persönliches Interesse an diesem Ort hast, weil du mit Wes befreundet bist, dachte ich, du solltest es gleich erfahren. So kannst du deine Kontakte spielen lassen und das Problem aus der Welt schaffen."

Angesichts der Tatsache, dass Cris hervorragend darin war, für PineRocks Sicherheit zu sorgen, musste es ihr extrem gegen den Strich gehen, zuzugeben, dass sie Ashleys Hilfe brauchte. Doch es stimmte – das ADDA kümmerte sich um die menschliche Seite der Feinde. Es war Bürokratie vom Feinsten, wenn man bedachte, dass die Drachen sich selbst schützen dürfen sollten.

Aber jetzt war nicht die Zeit, das System in Frage zu stellen und Staub aufzuwirbeln. Nicht, wenn sie Wes' Gefährtin werden und weiter für das ADDA arbeiten wollte.

Ashley antwortete: „Ich muss zuerst mit Wes sprechen, bevor ich irgendeinen Anruf tätige."

Cris verschränkte die Arme vor der Brust und fixierte Ashley mit einem harten Blick. „Sagen Sie mir, dass Sie ihn nicht an der Nase herumführen, Swift. Nur Troy und ich wissen davon – dass ihr wahre Gefährten seid –, aber Wes ist mehr als mein Anführer, er ist mein Freund. Und ich lasse nicht zu, dass er verletzt wird, nicht einmal von jemandem, den ich normalerweise nicht hasse."

Ärger flammte in ihrer Brust auf. „Habe ich Ihnen je Grund gegeben zu glauben, ich würde Wes wehtun, selbst bevor sich alles geändert hat? Nein. Also werde ich weiter versuchen, euren Clan zu schützen, wie ich es seit Jahren tue."

Nach einem Moment lächelte Cris. „Gut. Ich musste Sie auf die Probe stellen. Ich bin froh, dass jemand nicht unter dem patentierten Juarez-Blick einknickt."

Ihre Stimmung hellte sich auf, und ein Mundwinkel verzog sich nach oben. „Du hast es nur mit einem Clanführer zu tun – ich habe mit mehr als einem halben Dutzend zu tun gehabt. Rückgrat zu haben ist da quasi Pflicht."

Cris lachte. „Gut." Sie deutete zur Tür. „Wes ist in seinem Büro den Flur runter. Sorg nur dafür, dass ihr erst redet und das ganze Kuschelzeug später macht."

Ashley konnte nicht anders, sie zeigte Cris den Mittelfinger und grinste. „Ich krieg das schon hin."

„Hey, ADDA! Was denkst du? Sparen wir uns das Siezen künftig?"

„Solange du mich nicht ADDA nennst ..."

Die beiden teilten ein letztes Lächeln – Ashley mochte die Sicherheitschefin immer mehr –, bevor sie ging und auf Wes' Büro zusteuerte. Sie klingelte an der Tür und wartete darauf, dass er sie einließ – nicht nur in sein Büro, sondern auch in sein Leben. Nein, sie würden ernsthaft damit anfangen, ihre Zukunft zu planen, was auch den Umgang mit den Liga-Idioten einschloss.

Wes gab sein Bestes, sich auf seinen Computer zu konzentrieren, doch er starrte immer wieder zur Tür und hoffte, dass Ashley auftauchen würde.

Wenn er nicht Clanführer wäre und nicht über tausend Augenpaare auf sich hätte, wäre er vielleicht zu ihrer Trainingssession gegangen und hätte sie danach in sein Büro gebracht.

Doch das wäre ungewöhnliches Verhalten für einen Clanführer, wenn es um eine ADDA-Mitarbeiterin ging, besonders da nur wenige wussten, wo er letzte Nacht gewesen war und mit wem.

Clanführer rannten normalerweise nicht hinter

ADDA-Mitarbeitern her, wenn sie es vermeiden konnten.

Sein Drache gähnte. *Es sind nur ein paar Menschen, die im Wald rumrennen. Ich würde sie nicht gerade als große Bedrohung bezeichnen.*

Sie stehen für ein viel größeres Problem. Wenn die Liga eine Bewegung anstößt, alle Menschen aus den Drachenclans zu „befreien", könnte das Krieg bedeuten.

Sein Tier antwortete nicht. Wahrscheinlich, weil sie beide wussten, dass die Stimmung in letzter Zeit wieder gegen die Drachen umge-schlagen war.

Ein paar strategische Werbekampagnen und begleitende Aktionen könnten dieses Feuer auf ein unerträgliches Niveau anfachen.

Gerade als er versuchte, sich wieder auf den neuen Vertrag zwischen einem neuen menschlichen Farmpartner und PineRock zu konzentrieren, hallte ein Klingelton durch den Raum.

Er war in Sekunden an der Tür und spähte durch den Spion.

Der Anblick von Ashley, die ihn anstarrte, ließ ihn nur noch mehr nach ihrer Nähe gieren. Nicht nur wegen der körperlichen Anziehung, sondern auch wegen ihrer geistigen Stärke.

Also öffnete er die Tür, und sobald Ashley in seinem Büro war, knallte er sie zu und zog sie an sich. Ihre angenehme Wärme, ihre Kurven und ihr Duft linderten seine Anspannung ein wenig.

Sie murmelte: „Ist es schlimmer, als Cris mir erzählt hat?"

Er rieb ein paar Sekunden seine Wange an ihrer, bevor er antwortete: „Nein, aber ich mag es, zu wissen, dass du bei mir sicher bist."

Ashley seufzte. „Ich bin seit heute Morgen von Beschützern umgeben. Wenn du dir weiter Sorgen machst, weil ich mal 'ne Viertelmeile laufe, wirst du ganz schnell ein schlechter Anführer."

Seine Menschenfrau, direkt wie immer.

Mit einem Lächeln begegnete er wieder ihrem Blick. „Ich weiß. Aber bis wir offiziell Gefährten sind, werde ich ein bisschen nervös sein. Ich würde es auf meinen Drachen schieben, aber wir beide wollen dich gleichermaßen mit einer Zeremonie vor allen beanspruchen."

Sie berührte seine Wange. Ihre weichen Finger ließen seinen Drachen zufrieden summen. „Wes, es wird bald passieren. Aber zuerst müssen wir uns um diese Idioten kümmern, die denken, sie könnten die Menschen hier ,befreien', was auch immer das verdammt nochmal heißen soll. Nenn mich verrückt, aber ich glaube nicht, dass Jose oder Gaby begeistert wären, wenn ihre Gefährten ,befreit' würden."

Die Geschwister Jose und Gaby liebten ihre menschlichen Gefährten über alles und waren mehr als nur ein bisschen besitzergreifend.

Er deutete auf das kleine Sofa an der Seite. Erst als sie beide saßen – Ashley nah genug, dass sein Oberschenkel ihren berührte –, ging er ins Detail über die Situation. „Im Grunde kann ich selbst wenig tun. Unter normalen Umständen würdest du das ADDA-Büro anrufen, deren Polizeiteam würde kommen, um die Gesetze durchzusetzen, und wir könnten sie größtenteils ignorieren. Doch wenn die ADDA-Polizei auftaucht und die Liga-Typen aufgreift, könnten diese Arschlöcher unser Geheimnis von gestern Abend ausplaudern. Du würdest gefeuert, und dann wäre die Hälfte der Zukunft, die du willst, weg." Er nahm ihre Hand in seine. „Also, was können wir tun? Ich bin offen für alle Ideen."

Ashley tippte auf ihr Kinn. Und obwohl es eine ihrer Gewohnheiten war, wenn sie nachdachte – Wes hatte die meisten davon über die Jahre bemerkt –, wurde er ungeduldig. Jedes Tippen machte ihn noch unruhiger.

Sein Drache meldete sich. *Hör auf, so verdammt irrational zu sein. Du bist besser als das.*

Normalerweise, ja. Aber es geht um unsere Gefährtin. Ich verstehe nicht, wie du so ruhig sein kannst.

Weil Ashley schlau ist und keinen Mist duldet. Gib ihr ein paar Minuten. Es wird dich nicht umbringen.

Ashleys Stimme unterbrach seine Antwort an sein Tier. „Ich sage, wir behalten sie ein paar Tage im Auge, lange genug, um die möglichen Schlupflöcher zu untersuchen, die deine Mutter erwähnt hat." Ashley erklärte, was seine Mutter am Vortag gesagt hatte, und fügte hinzu: „Es gibt auch eines, an das ich gedacht habe. Irgendwas mit Clanführern von gutem Ruf. Aber es könnte schneller gehen, wenn du deine Verbündeten kontaktierst und hörst, was sie sagen. Sicher verstehst du dich mit mindestens einem der nahegelegenen Clans? Ich weiß, es ist illegal, offizielle Bündnisse zu schließen, aber ich bin sicher, es gibt eine Menge, wovon das ADDA nichts weiß."

Wes nickte ohne Zögern. Ashley würde sie nicht verraten. „Ich spreche manchmal mit den Anführern von StoneRiver und SkyTree. StrongFalls sind allerdings ziemliche Eigenbrötler."

„Dann sprich mit ihren Anführern, und ich werde nochmal mit deiner Mutter reden, um zu sehen, ob sie mir mehr sagen kann. So habe ich eine bessere Vorstellung davon, wonach wir in den dicken ADDA-Handbüchern und Regelwerken suchen sollten."

Trotz der gewaltigen Aufgabe, die vor ihnen lag, strich Wes über Ashleys Wange und sagte: „Du bist so verdammt unglaublich. Mit dir an meiner Seite wird PineRock stärker sein als je zuvor."

Ihre Wangen röteten sich, und er wünschte, er könnte ihre Wange küssen, zu ihrem Mund wandern und ihr demonstrieren, wie sehr er sie bewunderte.

Doch alles, was er tun konnte, ohne alles zu riskieren, war, ihre Hand an seinen Mund zu führen, den Handrücken zu küssen, sie loszulassen und zu sagen: „Dann lass uns an die Arbeit gehen."

Kapitel Zehn

Ashley beendete ihr ziemlich langatmiges Gespräch mit Wes' Mutter und zog sich in das Schlafzimmer zurück, das sie derzeit als ihre Basis in PineRock nutzte.

Obwohl Cynthia versucht hatte, beiläufig Fragen über Wes in das Gespräch einzustreuen, war es Ashley gelungen, das Thema im Griff zu behalten.

Weitgehend jedenfalls.

Als Cynthia eine Geschichte über Wes erzählte, wie er mit zwei Jahren aus dem Haus geflüchtet und in Unterwäsche draußen herumgerannt war, bis jemand ihn einfangen konnte, konnte sie nicht widerstehen, sie zu hören.

Es schien, als hätte Wes' zurückhaltende Fassade, die er all die Jahre gezeigt hatte, eine Menge verborgen. Ja, in der Geschichte war er ein Kind, aber sie fragte sich, ob eine abenteuerlustige, unbeschwerte Version von ihm noch irgendwo tief in ihm verborgen war. Das Necken beim Frühstück war vielleicht nur der Anfang gewesen.

Nicht, dass die Entdeckung, dass es noch mehr über Wes zu lernen gab, ihren Kurs geändert hätte. Sie wollte den Mann zum Gefährten und ihr Leben damit verbringen, alles über ihn herauszufinden.

Doch all das war unmöglich, wenn es ihr nicht gelang, einen Weg zu finden, auf PineRock bleiben zu dürfen.

Dank der Gerüchte, die Cynthia aufgezählt hatte, hatte Ashley jedoch vielleicht genau die Spur, auf die sie gehofft hatte.

Sie schaltete ihren Laptop ein und trommelte mit den Fingern, während sie wartete, dass er hochfuhr. Warum hatte sie ihn komplett heruntergefahren? Jede Sekunde, die verstrich, hielt sie davon ab, ihre Zukunft zu sichern.

Denn so belesen sie auch war, kannte selbst Ashley das ADDA-Handbuch, das Regelwerk oder jedes Gesetz über Drachenwandler in Amerika nicht auswendig.

Als der Laptop endlich hochgefahren war, ging sie zum entsprechenden Ordner und öffnete die PDF-Kopie des Handbuchs, das jeder ADDA-Mitarbeiter in den USA verwendete. Sie überflog das Inhaltsverzeichnis und fand, wonach sie suchte – *Belohnungssysteme.*

Größtenteils setzte das ADDA das Belohnungssystem für Drachenclans heutzutage selten ein. Die Regierung hielt es für teuer, und die Drachenclans empfanden es als demütigend, da es sie wie Kinder behandelte.

Doch das System war offiziell nie aus den Büchern gestrichen worden. Und als sie die Worte überflog, fand sie, was sie brauchte, und las die Passage:

Wenn ein Clanführer mindestens drei Jahre fried-lich über einen Drachenclan geherrscht und nicht mehr als zwei geringfügige Verstöße hat, kann er eine spezielle Genehmigung beantragen, eine Menschen-frau zu heiraten. Es liegt im besten Interesse des ADDA, gute Beziehungen zu den Drachenführern zu fördern, und es gibt keinen besseren Weg, einen Clan im Auge zu behalten, als wenn ein Anführer eine menschliche Ehefrau nimmt, besonders wenn diese Ehefrau eine ADDA-Mitarbeiterin ist. Wenn ein Anführer sich für dieses Angebot entscheidet, unter-liegt er strengeren Nachfolgebesuchen und kann zukünftigen Zugang für ADDA-Mitarbeiter nicht verweigern, es sei denn, er ist bereit, seine mensch-liche Frau zu verlieren.

Ashley verdrehte die Augen über die Annahme, dass der Clanführer in jedem Fall ein heterosexu-eller Mann war. Ihr tat jede Drachenfrau leid, die dieses Schlupfloch nutzen wollte, ganz zu schweigen von einem Mann, der einen anderen Mann wollte.

Doch in ihrem Fall spielte es keine Rolle, da Wes tatsächlich eine Frau wollte, also las sie weiter:

Alles, was nötig ist, ist ein Brief von der zukünf-tigen Ehefrau, in dem sie dem ADDA versichert, dass sie freiwillig die Ehefrau des Drachenführers wird. Dies gewährt eine vorübergehende Aufenthaltsgenehmigung auf dem Land des genannten Drachenclans, bis die Angelegenheit weiter untersucht werden kann. (Es ist unklug, dem Clanführer die zukünftige Braut vorzuenthalten, wie der Fall des Clans MountainMist im Jahr 1878 gezeigt hat.) Siehe Abschnitt Drei für weitere Details zur Handhabung eines Brautantrags eines Clanführers. Abschnitt vier enthält zusätzliche Schritte, wenn die betreffende Frau für das ADDA arbeitet und ihre Anstellung fortsetzen möchte.

Sie lehnte sich in ihrem Stuhl zurück. Da sie seit Jahren mit PineRock zusammenarbeitete, wusste sie, dass Wes die Voraussetzungen erfüllte. Nun zumindest an der Oberfläche. Als Ryan Ford entführt und fallengelassen worden war, hätte der Vorfall Wes' Amtsenthebung zur Folge haben können, wenn er dem ADDA gemeldet worden wäre.

Doch Ryan hatte sich geweigert, den Vorfall zu melden. Und aus irgendeinem Grund hatte Ashley es durchgehen lassen.

Vielleicht, weil sie tief im Inneren die Hoffnung gehegt hatte, Wes irgendwann für sich zu gewinnen. Und selbst ohne das Regelwerk auswendig zu kennen, wusste sie genug, um zu ahnen, dass ein Drachenclan gutes Verhalten demonstrieren musste, um irgendeinen Gefallen vom ADDA zu erbitten.

Wie auch immer, sie musste den Prozess jetzt in Gang setzen. Sie nahm ihr Handy, schickte Wes eine kurze Nachricht und bat ihn, sie zu treffen.

Als er antwortete, dass er in ein paar Minuten da sein würde, überflog Ashley die zusätzlichen Informationen darüber, wie sie mit ihrem Brief vorgehen sollte.

Während ihr Herz beim Lesen der Informationen heftig pochte, konnte sie nicht umhin, sich ein wenig Sorgen zu machen. Wenn etwas für einen Drachenclan schiefgehen konnte, passierte es oft. Die beiden jüngsten Lotterien und die darauf folgenden Unruhen auf PineRock hatten ihr das gezeigt.

Und Ashley wollte sich nicht vorstellen, dass sie gerade einen Weg gefunden hatte, mit ihrem Mann zusammmen zu sein, nur um ihn am Ende doch nicht haben zu können.

Also konzentrierte sie sich darauf, einen schnellen Entwurf zu schreiben. So würde sie zumindest den ersten Schritt vorbereitet haben, sobald Wes ihrer Idee grünes Licht gab.

Wes raste die Treppe des Sicherheitsgebäudes hinunter, neugierig darauf, zu hören, was Ashley gefunden hatte. Doch bevor er den Ausgang erreichte, trat Andre Carter ihm in den Weg und sagte: „Ich muss mit dir sprechen, Wes."

Da der Mann einer seiner vertrauenswürdigsten Beschützer war, drehte Wes sich ohne Zögern um. Er sagte: „In meinem Büro", und ging die Treppe wieder hinauf.

Sein Drache seufzte. *Bei dem Tempo werden wir nie herausfinden, wie wir Ashley als unsere Gefährtin beanspruchen können.*

Das ist das Leben eines Clanführers, Drache. Willst du, dass ich den Clan für eine Frau ignoriere?

Ich wünschte, ich könnte Ja sagen, aber natürlich nicht. Das ist unser Zuhause. Und Drachen schützen ihr Zuhause und ihre Familie. Sorg nur dafür, dass Ashley bald Teil dieser Familie wird.

Wie wäre es, wenn ich dir verspreche, dich wandeln zu lassen und ihr deine Gestalt zu zeigen, wenn wir die Gelegenheit haben? Hilft das?

Sein Tier grunzte. *Es ist nicht so gut wie Sex, aber ich nehme, was ich kriegen kann.*

Da sein Drache etwas besänftigt war, tippte Wes den Code für seine Bürotür ein und ging hinein, Andre direkt hinter ihm. Die Tür fiel zu, als Wes sich gegen seinen Schreibtisch lehnte. Er fragte den jüngeren Drachenmann: „Was gibt's?"

Andre richtete sich auf, was meist bedeutete, dass er schlechte Neuigkeiten hatte. Er räusperte sich und antwortete: „Die ADDA-Polizei wird in zwanzig oder dreißig Minuten hier sein."

Wes achtete darauf, keine Überraschung zu zeigen, und fragte ruhig: „Haben sie gesagt, warum?"

„Irgendwas wegen eines Anrufs, den sie bekommen haben, dass eine Menschenfrau gegen ihren Willen auf PineRock festgehalten wird."

Er hatte das Gefühl, dass die Liga-Bastarde

wegen Ashley angerufen hatten. „Da Tori hier etabliert ist und Ashley wegen ADDA-Angelegenheiten hier ist, möchte ich, dass du kooperierst, wenn sie ankommen, und zeig ihnen, dass alles so ist, wie es sein sollte."

Andre nickte und fügte hinzu: „Sie wollen auch mit dir sprechen. Irgendwas darüber, dass ein Mensch gesagt hat, du hättest ihn letzte Nacht bedroht?"

Die verdammten Arschlöcher waren also auch hinter ihm her.

Egal. Wes hatte schon früher mit falschen Berichten an die ADDA-Polizei zu tun gehabt, und das hier war nicht anders. „Dann werde ich auch mit ihnen sprechen. Aber bis sie hier sind, muss ich mit Ashley sprechen. Kannst du sie vom Haus meiner Mutter abholen und so schnell wie möglich herbringen?"

Als loyaler Mann nickte Andre. „Gibt es noch was, das ich danach erledigen soll?"

„Lass ein paar der anderen Beschützer die Menschen im Auge behalten, während die Polizei hier ist. Wenn einer der Polizisten Tori oder Ryan Fragen stellen will, möchte ich nicht riskieren, dass Jose oder Gaby sich angegriffen fühlen und einen Cop bedrohen. Wenn ein Beschützer dabei ist, sollte das helfen, ihre inneren Drachen zu beruhigen und dafür sorgen, dass sie einen klaren Kopf bewahren."

Sein Drache knurrte. *Es ist unfair, dass wir das*

hinnehmen müssen und die unseren nicht schützen können.

Ich sage nicht, dass wir die unseren nicht schützen können. Aber ich will kein Öl ins Feuer gießen, sozusagen.

Eines Tages werden wir mehr Freiheit haben, zu tun, was wir wollen.

Vielleicht. Aber heute ist nicht dieser Tag.

Wes entließ Andre und ging zurück an seinen Schreibtisch. Er musste alle Unterlagen für eine Inspektion bereithalten. Und die monotone Aufgabe lenkte ihn von dem ab, was Ashley entdeckt hatte.

Denn wenn es mit der ADDA-Polizei nicht gut lief, könnte er sie trotzdem verlieren, selbst wenn sie ein Schlupfloch gefunden hatte, das sie nutzen konnten.

Kapitel Elf

W es schätzte, dass ihm vielleicht noch zehn Minuten blieben, bis die Polizei am Haupttor von PineRock auftauchte, als Ashley endlich an seiner Tür klingelte. Ohne zu zögern öffnete er die Tür und zog sie hinein. Und da er sie nicht mit einem Kuss begrüßen konnte, drückte er sie an seinen Körper und hielt sie fest.

Ihre leicht geweiteten Pupillen verrieten ihm, dass sie genauso erregt war wie er – es war Wes egal, ob seine Frau seinen anschwellenden Schwanz spüren konnte –, doch sie kam direkt zur Sache. „Andre hat mir nicht viel verraten, warum ich hier bin. Warum müssen wir in deinem Büro reden anstatt im Haus deiner Mutter?"

Er erklärte die Situation mit der ADDA-Polizei und den möglichen Anschuldigungen, bevor er hinzufügte: „Also erzähl mir schnell, was du gefunden hast, Liebes. So habe ich das nicht im Kopf, wenn ich den Menschen gegenübertrete."

Sie suchte seinen Blick. „Nur damit du's weißt, ich werde dir mit ihnen helfen, Wes. Und denk nicht mal dran, mir zu sagen, dass ich es lassen soll."

Sein Mundwinkel hob sich. „Ich würde es nicht wagen, das zu versuchen."

Sie lächelte, und seine Muskeln entspannten sich ein wenig. „Ich habe einen Weg gefunden, wie wir zusammen sein können, ohne dass ich aus dem ADDA geworfen werde. Zumindest glaube ich das."

Sein Herz setzte einen Schlag aus. „Erzähl!"

„Hast du vom Drachen-Belohnungssystem gehört?"

Er grunzte. „Nur vage, aber es ist lange her, seit ich davon gehört habe. Warum?"

Während sie die Klausel über Clanführer und menschliche Ehefrauen erklärte, gab Wes sich Mühe, sich keine zu großen Hoffnungen zu machen. Oh, er wollte Ashley Swift als seine Gefährtin – mehr als alles andere. Aber manchmal wurde mit dem ADDA aus etwas, das einfach schien, in der Realität eine verdammte Katastrophe.

Als Ashley mit ihrer Erklärung fertig war, sagte sie: „Ich habe schon einen schnellen Entwurf des Briefs getippt. Und obwohl ich gern ein bisschen mehr Zeit hätte, um ihn perfekt zu machen, kann ich meine Online-Kopie aufrufen, hier ausdrucken und für die ADDA-Polizei bereithalten, nur für den Fall."

Er hob die Augenbrauen und konnte sich die Chance nicht entgehen lassen, sie ein wenig aufzuziehen. „Du wirst mich nicht einmal offiziell fragen, ob ich dein Gefährte werde, geschweige denn auf die Knie gehen?"

Sie verdrehte die Augen. „Ist dir das wirklich wichtiger, als tatsächlich Gefährten zu sein?"

Er sollte das Necken lassen und einfach laut „Ja!" schreien. Doch Wes konnte nicht anders, streichelte ihre Wange und flüsterte: „Ich habe dich schon einmal auf den Knien gesehen – und das hat mir verdammt gut gefallen."

„Wes Dalton, wenn du denkst, ich gebe dir jetzt einen Blowjob, während wir darauf warten, dass die Polizei anklopft, überlege ich nochmal, ob ich deine Gefährtin werden will."

Er schmunzelte. „Hey, ich konnte nicht widerstehen. Als dein zukünftiger Gefährte ist es mein Job, dich bei jeder Gelegenheit aufzuziehen. Ich finde, das ist ein bisschen besser, als dich absichtlich zu nerven, oder?"

„Ich bin mir nicht sicher, ob das eine so viel anders ist als das andere", schnaubte sie.

Er nahm ihr Gesicht in seine Hände und sagte ernst: „Ich liebe dich, Ashley Swift. Ich tue es seit Jahren, habe es aber nicht zugeben wollen. Also, wirst du meine Gefährtin? Ich gehe sogar auf ein Knie und biete dir einen Papier-Ring an, wenn's sein muss."

Ihr Gesicht wurde weicher. „Oh, Wes."

„Ist das ein Ja oder Nein?"

„Natürlich werde ich deine verdammte Gefährtin. Und falls du dich wunderst: Ich liebe dich auch, du unmöglicher Drachenmann."

Sowohl Mann als auch Tier brüllten innerlich angesichts ihres Geständnisses.

Ashley würde ihre Gefährtin sein. Nicht nur das, sie liebte sie.

Sein Drache sagte: *Ich fordere die Polizei heraus, zu versuchen, sie uns jetzt noch wegzunehmen.*

Er ignorierte sein Tier, küsste Ashleys Wange und sagte: „Ich werde dich später wie eine Königin behandeln und jeden Zentimeter deines Körpers anbeten. Aber für den Moment denke ich, wir feiern, indem wir diesen dummen Brief ausdrucken."

Sie schnaubte. „Das dürfte wohl die originellste Verlobungsgeschichte aller Zeiten sein. Ein Antrag, gefeiert mit Papierkram."

Er knabberte an ihrem Kiefer und genoss, wie ihr Atem dabei stockte. „Ich will nichts Gewöhnliches, geschweige denn Langweiliges, und deshalb will ich ein Leben mit dir."

Ashley versuchte, eine schlagfertige Antwort zu finden, doch ihre Knie waren weich, und sie hatte Mühe, überhaupt zu stehen.

Wes liebte sie. Der starke, neckende, manchmal

nervige, sexy Mann liebte sie und würde ihr Gefährte sein.

Aber trotz alledem konnte sie ihn immer noch nicht auf die Lippen küssen.

Das bedeutete, dass sie die ADDA-Polizei mit ihrem Charme bezaubern musste – etwas, das sie schon oft getan hatte – und alles klären, damit sie Wes offiziell heiraten und ihr neues Leben beginnen konnte.

Sie strich über seinen Kiefer und antwortete: „Gut, denn ich glaube nicht, dass ich langweilig könnte, selbst wenn ich es versuchen würde. Selbst wenn alles friedlich wird, will ich immer was Neues lernen."

Seine Pupillen blitzten, bevor er sagte: „Mein Drache will dich bei der ersten Gelegenheit mit in die Luft nehmen. Das sollte was Neues für dich sein."

Obwohl es genau genommen verboten war, dass ein Drachenwandler einen Menschen mit in die Luft nahm – außer in extremen Umständen wie der Rettung von Menschen bei einer Naturkatastrophe oder als Teil einer koordinierten Rettungsaktion –, pochte ihr Herz schneller. „Ich wollte das schon immer mal ausprobieren. Aber ich will Gurtzeug zur Sicherheit, selbst falls du einen dieser Körbe hast, die einige Drachen in anderen Teilen der Welt benutzen."

Er hob die Augenbrauen. „Für jemanden, der

dafür sorgen soll, dass Drachen Menschen nicht fliegen lassen, weißt du eine ganze Menge darüber."

Sie neigte den Kopf. „So viel wie möglich über Drachenwandler zu wissen, ist mein Job. Das umfasst das Gute, das Schlechte und sogar das Hässliche."

Ein Klingeln an der Tür riss sie aus ihrem Geplänkel. Und obwohl Ashley wusste, dass dies von nun an ihr Leben sein würde – ständige Unterbrechungen eingeschlossen –, hoffte sie, dass sie eines Tages ein ganzes Gespräch am Stück führen könnten. Vielleicht sollte sie mit PineRocks Sicherheitschefin sprechen, ob diese Wes helfen könnte, eine Auszeit zu nehmen – und umgekehrt.

Wes küsste ihre Wange ein letztes Mal, bevor er ihr bedeutete, hinter ihn zu treten. Da sie noch nicht offiziell seine Gefährtin war, geschweige denn wusste, was alle Clanmitglieder von PineRock von ihr hielten, gehorchte sie seinem Befehl.

Als er die Tür öffnete, stand Andre, der braunhäutige, schwarzhaarige Beschützer namens Andre davor. Der andere Drachenmann sagte: „Sie sind hier und wollen mit euch beiden sprechen."

Wes nickte. „Wir sind in ein paar Minuten da. Ich muss vor dem Treffen nur noch eine letzte Sache ausdrucken."

Sobald Andre den Flur hinunter verschwunden war, zog Wes Ashley zu seinem Computer. „Druck deinen Brief aus, Liebes. Vielleicht brauchen wir ihn."

Sie folgte seiner Anweisung und atmete mehrmals tief durch, um die Nervosität zu vertreiben. Oh, sie hatte reichlich Erfahrung mit der ADDA-Polizei, aber diesmal stand viel mehr auf dem Spiel. Und Ashley war entschlossen, so charmant, witzig und überzeugend zu sein wie nie zuvor in ihrem Leben.

Also nahm sie ihren Brief, nickte Wes zu und sagte: „Lass uns gehen und den Anfang vom Rest unseres Lebens einleiten."

Er nahm ihre Hand für einen kurzen Moment, bevor er sie wieder losließ. Doch der flüchtige Kontakt beruhigte sie weiter.

Ashley und ihr Drachenmann würden das alles hinbekommen.

Das mussten sie.

Kapitel Zwölf

Wes gab sich große Mühe, seine Sorgen um Ashley zu verdrängen. Sie konnte für sich selbst einstehen, das wusste er, aber es fiel einem Drachenmann schwer, seinen Instinkt zu ignorieren, das zu schützen, was ihm gehörte.

Sein Drache knurrte. *Mach dir keine Sorgen, wir werden alles tun, um sie hier bei uns zu behalten.*

Er wollte keine Energie darauf verschwenden, mit seinem Drachen darüber zu streiten, dass Ashley niemanden brauchte, der sie „behielt", also ignorierte er ihn und betrat das Besprechungszimmer.

Er setzte sich drei Menschenmännern gegenüber, die zwischen dreißig und vielleicht Mitte fünfzig waren und alle die grauen Uniformen der ADDA-Polizei trugen. Ihre goldenen, drachenförmigen Abzeichen glänzten im Licht.

Ashley nahm auf dem Stuhl neben ihm Platz,

was selbst dann nicht ungewöhnlich wäre, wenn sie nicht bald seine Gefährtin werden würde. Immerhin war sie seine Vertreterin in der Menschenwelt. Niemand würde bemerken, dass er jeden ihrer Atemzüge hörte oder ihr Herz ein wenig schneller schlug als normal.

Unter dem wachsamen Blick des stellvertretenden Polizeichefs für die Region wagte er es nicht, unter dem Tisch ihre Hand zu ergreifen. Da er Officer Garcia schon früher begegnet war, nickte Wes zur Begrüßung. „Hallo, Officer Garcia."

Der Menschenmann war Mitte fünfzig, mit schwarzem, von Grau durchzogenem Haar und braunen Augen. Er erwiderte die Begrüßung. „Ich bin ein wenig überrascht, hier zu sein, Dalton. Von allen Clanführern in der Gegend sind Sie normalerweise der, der sich am besten benimmt."

Er widerstand dem Drang, bei der Bemerkung die Zähne zusammenzubeißen. Garcia machte nur seinen Job und dachte nicht daran, dass seine Worte Wes und die anderen Anführer wie Kinder wirken ließen.

Wes antwortete neutral und fragte: „Also, wie kann ich Ihnen helfen, Officer?"

Garcias Augen schossen zu Ashley und wieder zurück. „Waren Sie letzte Nacht mit Miss Swift in Reno? Genauer gesagt in einer Bar namens *Deuces Wild*?"

Es gab keinen Grund zu lügen. „Ja. Ich habe an der Wohltätigkeitsauktion für Waisen teilgenommen, und Miss Swift hat mich ersteigert. Das ADDA kann Ihnen alle Details geben und bestätigen, dass ich dort war."

„Ihre Teilnahme wurde bereits bestätigt. Was mich beunruhigt, ist, was passiert ist, nachdem Miss Swift Sie ersteigert hat." Garcia schlug die Mappe vor sich auf dem Tisch auf und las: „Der große, rothaarige Drachenmann hat mich mit Knurren, blitzenden Augen bedroht, und ich sah, wie er seine Finger zu Fäusten ballte. Wenn ich nicht gegangen wäre, hätte er mich angegriffen. Auch wenn er nicht mit Worten gedroht hat, war es Einschüchterung. Das darf er in Menschenetablissements nicht tun, und ich hatte Angst um mein Leben."

Wes unterdrückte ein weiteres Knurren, das herauszubrechen drohte, und wartete darauf, dass Garcia ihm eine Frage stellte. Je weniger er der Polizei sagte, desto besser. So konnten seine Antworten später nicht verdreht werden, falls sie tatsächlich Anklage erheben sollten.

Doch Garcia sah Ashley an, als er wieder sprach. „Die Person, die die Beschwerde eingereicht hat, ist der Schwager von Duncan Parrish. Parrish sagt, Sie werden gegen Ihren Willen festgehalten. Ist das wahr?"

Wenn nur er und Ashley hier gewesen wären, wusste er, dass sie explodiert wäre. Doch sie setzte ihre kühle, professionelle ADDA-Fassade auf, als sie antwortete: „Natürlich nicht, Carlos. Ich habe Dalton bei der Wohltätigkeitsauktion gewonnen und wollte ihn beim Darts verlieren sehen." Sie zuckte mit einer Schulter. „Man kann schließlich nicht jeden Tag einen Drachenwandler schlagen, von einem Clanführer ganz zu schweigen."

Garcia sprach wieder. „Also war es nur Darts und nichts weiter? Parrish hat angedeutet, dass zwischen Ihnen mehr läuft, vor allem von Daltons Seite. Er war besorgt, dass er Sie entführen und zwingen könnte, seine Gefährtin zu werden."

Sein Drache knurrte in seinem Kopf. Wes hatte vor dem Treffen in der Bar wenig über Parrish gewusst, aber der Kerl stand jetzt definitiv auf seiner Arschloch-Liste.

Ashley antwortete: „Ja, es ging zunächst nur um Darts. Was meine Gefühle für Mr. Dalton angeht: die gehen Mr. Parrish nichts an. Aber jetzt, wo Sie es ansprechen, lassen Sie mich Ihnen zeigen, dass jede Beziehung zwischen uns in jeder Hinsicht zulässig ist." Sie schob Garcia ihren Brief zu. „Laut dem ADDA-Regelwerk erfüllt Dalton die Voraussetzungen, um eine Menschenfrau zu heiraten. Dies ist mein Absichtsschreiben für die Heirat, und die Zeremonie wird abgehalten, sobald das ADDA grünes Licht gibt."

Garcia blinzelte und überflog den Brief. Als er fertig war, begegnete er wieder Ashleys Blick. „Sind Sie sicher, Miss Swift? Wenn er Sie dazu zwingt, sagen Sie es bitte, und ich begleite Sie sofort hier raus."

Ärger brodelte in Wes' Magen. Er wollte den

Mistkerl anschreien und ihm die Meinung geigen. Doch Zurückhaltung war der einzige Weg, diese Runde zu gewinnen. Also ließ er Ashley für ihn antworten. „Niemand wird zu irgendwas gezwungen, Carlos." Sie beugte sich vor und lächelte. „Glauben Sie wirklich, irgendjemand könnte mich zu etwas zwingen, das ich nicht will?" Sie deutete auf den jüngsten Mann im Raum. „Johnson dort drüben kann das bestätigen."

Johnsons Wangen wurden pink, und er räusperte sich. Doch es war Garcia, der antwortete. „Und wie Johnson Sie behandelt hat, war der Grund, warum er degradiert worden ist." Er hielt inne und sagte dann: „Sind Sie sicher, Ashley? Sie sind eine der kompetentesten ADDA-Verbindungsleute, mit denen ich in den letzten zwanzig Jahren gearbeitet habe. Ich würde Sie nur ungern verlieren."

Sie strahlte Garcia an, und es kostete Wes jedes bisschen Kraft, sie nicht an seine Seite zu ziehen und die anderen Männer anzustarren. Seine Menschenfrau sagte: „Oh, das wird sich nicht ändern." Sie tippte auf den Brief. „Das wäre das Protokoll für die Heirat mit einem Drachenwandler. Aber da Dalton die Bedingungen des Belohnungssystems erfüllt, sollte ich auch weiter für das ADDA arbeiten können." Sie zwinkerte. „Ich werde Sie und Ihre Jungs noch eine Weile in Schach halten, Carlos."

Garcia lachte. „Gut. Sonst hätte ich noch mehr Papierkram als ohnehin schon an der Backe habe."

Sein Drache murmelte: *Unsere Frau ist charmant und verdammt gut darin, sie zu managen.*

Sieht ganz so aus.

Ashley deutete auf ihren Brief. „Das sollte reichen, um zu bestätigen, dass ich aus freiem Willen hier bin. Was die Beschwerde gegen Wes angeht, dass er den Menschen bedroht habe: Er hat nur versucht, mich zu unterstützen. Einer der Menschen wollte mich nötigen, ohne Dalton zu gehen, ohne Rücksicht auf meine Wünsche. Wenn Wes nicht eingegriffen hätte – zusammen mit dem Sicherheitsmann der Bar –, weiß ich nicht, was passiert wäre. Ich fürchte, der andere Kerl hätte vielleicht versucht, mich zum Gehen zu zwingen oder sogar Wes wehzutun, um mich einzuschüchtern."

Garcia runzelte die Stirn. „Möchten Sie Anzeige erstatten? Wenn er Ihnen wehgetan hat, bin ich gern bereit, Duncan Parrishs Zorn zu riskieren."

Wes hätte fast geblinzelt. Es schien, als hätte Ashley tatsächlich ein sehr gutes Verhältnis zur ADDA-Polizei. Das könnte sich später, sobald sie offiziell seine Gefährtin war, definitiv als Segen erweisen.

Ashley winkte ab. „Nein, schon gut. Solange die Anzeige der anderen Seite abgewiesen wird, werde ich keinen Ärger machen. Ich würde mich lieber auf meine bevorstehende Hochzeit und den Umzug nach PineRock konzentrieren."

Garcias Blick traf endlich wieder seinen. „Sie sollten sie gut behandeln, Dalton. Wenn nicht, trete ich Ihnen in den Arsch, ob sie mich dafür feuern oder nicht."

Sein Drache schnaubte, sagte aber glücklicherweise nichts, sodass Wes antworten konnte: „Ich werde sie jeden Tag wie den Schatz behandeln, der sie ist, Sir. Und wenn jemand sie bedroht, werde ich tun, was nötig ist, um sie zu schützen – scheiß auf die Konsequenzen."

Zum ersten Mal in ihrer Bekanntschaft sah Wes, dass Respekt in Garcias Augen aufblitzte. „Die Antwort gefällt mir." Er griff in seine Tasche, zog eine Karte heraus und reichte sie ihm. „Das ist meine private Nummer. Wenn irgendwas schiefgeht und Ashley in Gefahr gerät, rufen Sie mich an. Ich helfe, wo ich kann."

Wes bemühte sich, seine Überraschung nicht zu zeigen, nahm die Karte und nickte. „Danke."

Ashley klatschte in die Hände. „Seid ihr beiden jetzt fertig damit, über mich zu reden, als wäre ich ein sensibles Blümchen, das von der kleinsten Brise umgeweht wird?"

Garcia stand auf. „Ja, wir sind fertig. Ich werde dafür sorgen, dass die Anzeige abgewiesen wird. Aber vielleicht könnten Sie beide eine Weile in Pine-Rock bleiben und nicht in die Stadt gehen? Nur, um allen ein bisschen Raum zu geben und die Gemüter abzukühlen."

Wes stand auf. „Meine Gefährtin wird mich auf Trab halten. Da sie aber schonmal hier sind, würde ich gerne erwähnen, dass es in letzter Zeit ein paar

Menschen gegeben hat, die sich am Rand unseres Landes herumgetrieben haben. Also werde ich Sie vielleicht früher anrufen müssen, als mir lieb ist, um Ashley zu schützen."

Mit einem letzten Nicken verließ Garcia den Raum, und die beiden anderen Männer folgten ihm.

Sobald sie allein waren, zog Wes Ashley an seine Brust und legte eine Hand an ihre Wange. „Weißt du, wie schwer es für mich war, dich mit ihnen flirten zu lassen und nichts zu tun?"

„Es gibt einen großen Unterschied zwischen Flirten und Charme, Wes. Ich habe Letzteres bei ihnen eingesetzt. Von jetzt an werde ich Ersteres nur bei dir einsetzen. Meistens."

„Meistens?" Er knurrte.

Sie lächelte. „Nun, ich will nichts ausschließen, was mir helfen könnte, mich hier einzufügen. Manchmal kann ein bisschen Flirten mit älteren Männern nützlich sein, selbst wenn wir beide wissen, dass es harmlos ist."

Sein Drache schnaubte. *Lass sie die Großväter mit ihrem Charme um den kleinen Finger wickeln. Das kann nur gut für die Leute auf PineRock sein, da die ältere Generation immer noch ein bisschen voreingenommen ist.*

Wes antwortete seiner Frau und streichelte ihre Wange: „So sehr ich deine langfristigen Strategien mag, denke ich, dass wir uns zuerst um unsere Paarung kümmern sollten." Seine Augen schossen zu ihren Lippen. „Lass uns dafür sorgen, dass wir unseren Rausch eher früher als später haben können." Ashley benetzte sich die Lippen, und Wes stöhnte. „Das hast du absichtlich gemacht."

Sie strich mit einem Finger über die Stelle, wo sein Hals auf seine Schulter traf, und rieb hin und her, wobei jede Bewegung seinen Schwanz härter machte. „Nein, habe ich nicht. An dir ist einfach etwas, das all diese Klischees in mir auslöst – weiche Knie, rasendes Herz und pochende Lippen." Sie lehnte sich ein Stück näher. „Also bin ich definitiv an Bord, unsere Paarung offiziell zu machen und unseren Rausch zu haben. Ich freue mich schon darauf. Ich habe über die Jahre so viel darüber gehört. Es wird schön sein, es selbst zu erleben."

Er strich mit seiner Hand von ihrer Wange in ihr Haar und zog sie noch näher, bis er die Wärme ihres Atems auf seiner Haut spürte. „Gut, dann bedeutet das, dass ich mich nicht zurückhalten oder versuchen muss, dich nicht zu erschrecken."

„Du könntest mich nie erschrecken, Wes. Ich liebe dich und vertraue dir bis zum Mond und zurück."

„Trotz deiner immer länger werdenden Liste von Klischees liebe ich dich auch. Und ich werde dein Vertrauen immer tief in meinem Herzen bewahren."

Sein Drache grunzte. *Hör auf mit dem Süßholz-raspeln. Küss ihre Wange, ihren Hals, ihre Hand, oder irgendwas.*

Er wollte nicht streiten, beugte sich vor und saugte ihr Ohrläppchen zwischen seine Zähne. Nach einem zarten Biss verteilte er Küsse ihren Hals hinunter, bis Ashley ihre Nägel in seinen Rücken grub. Ihre atemlosen Worte wären einem Menschen vielleicht entgangen, aber Wes hörte jedes Wort, als sie seufzte: „Ich wünschte, du wärst jetzt in mir."

Er antwortete: „Bald, Liebes. Bald werde ich in dir sein, um dich herum, dich überall küssen, und noch mehr." Wes lehnte sich zurück und nahm ihr Kinn in seine Hand, um ihr Gesicht zu seinem zu heben. „Aber wenn du willst, dass ich dich ausziehe und mich damit befasse, was zwischen diesen hübschen Schenkeln ist, sag es nur."

Ashley stöhnte. „Nein. Denn ich habe das Gefühl, wenn ich wieder nackt mit dir bin, will ich viel mehr als das. Es ist besser, keinen von uns in Versuchung zu führen."

Er küsste ihre Nase. „Dann lass uns den Papierkram abschicken und alles in Gang setzen, damit wir das nächste Mal, wenn du nackt mit mir bist, nicht aufhören müssen."

Sie nickte, bevor sie sanft gegen seine Brust drückte. Mit übermenschlicher Anstrengung trat Wes zurück und ging zur Tür.

Während sie sich auf den Weg zu seinem Büro machten, bemühte Wes sich, seine Erregung zu zügeln. Denn er brauchte einen klaren Kopf, um alles so schnell wie möglich voranzutreiben. Er konnte es nicht erwarten, seine Frau endlich ganz zu beanspruchen.

Kapitel Dreizehn

Die nächsten drei Tage vergingen wie im Flug, während Ashley Papierkram einreichte, mit ihren ADDA-Vorgesetzten sprach und den Umzug aus ihrer Wohnung organisierte – Wes hatte sie nicht allein gehen lassen wollen, und sie hatte schließlich nachgegeben.

Doch als sie in den Spiegel sah und das Kleid glatt strich, das Wes' Mutter ihr für die Paarungszeremonie geschenkt hatte, konnte Ashley nicht anders, als zu lächeln. Das dunkelblaue Kleid ließ ihre Augen leuchten, und sie liebte, wie es eng an ihrer Brust anlag und nach unten ausgestellt war, fast wie das Kleid einer Prinzessin im Märchen.

Sie drehte sich spielerisch erst in die eine, dann in die andere Richtung.

Obwohl der Gedanke an ein Märchen nicht so weit hergeholt war. Immerhin würde sie gleich ein mythisches Wesen heiraten – einen Drachenwandler

– und in sein Reich ziehen, um ihr Happy End zu erleben.

Das ADDA hatte nicht nur ihren Antrag auf Paarung genehmigt, es hatte auch eine neue Stelle für sie geschaffen als „PineRock-Verbindungsbeamtin". Sie bekam also ihren Mann und die Karriere, die sie so liebte. Es sah aus, als würden all ihre Träume doch wahr werden.

Nun, größtenteils.

Sicher, es gab da draußen immer noch Feinde, und zweifellos würde der Tag kommen, an dem Duncan Parrish und die Liga sie ins Visier nehmen und noch mehr Ärger machen würden. Doch für den Moment war alles perfekt. Und Ashley war entschlossen, die Gegenwart zu genießen, solange sie konnte.

Ein Klopfen an der Tür lenkte ihre Aufmerksamkeit dorthin. „Herein", rief sie

Cynthia trat ein und kam mit einem Lächeln im Gesicht auf sie zu. „Ich habe das Gefühl, mein Sohn wird heute Abend viel knurren. Eine Menge Männer werden dich bemerken."

Ashley hatte zwischenzeitlich gelernt, dass die Paarungszeremonie eines Clanführers etwas aufwendiger war. Sie mussten ein paar Stunden bleiben, um mit dem Clan zu feiern, anders als die meisten Paare, die sich direkt nach der Zeremonie davonstehlen und ihre Flitterwochen beginnen konnten.

Ashley zuckte mit den Schultern. „Es ist nicht so, als hätte ich ihn nicht schon oft knurren gehört. Aber er sollte sich besser darauf vorbereiten, dass ich dasselbe tue, wenn irgendeine andere Frau heute Abend auf die Idee kommt, mit ihm zu flirten."

Die Drachenfrau schnaubte. „Ich denke immer noch, du warst in einem früheren Leben eine Drachenwandlerin."

Während sie einander anlächelten, hüllte ein Gefühl von Frieden Ashley ein. Cynthia war von Anfang an eine große Unterstützung gewesen, respektierte aber auch Grenzen. Keine Schwiegermutter aus der Hölle für Ashley. „Das werden wir nie wissen. Obwohl meine Kinder halb Drachenwandler sein werden, was bedeutet, dass ich viel lernen muss, bevor sie ankommen."

Auch wenn die ADDA-Bibliothek riesig war, gab es dort nicht ein Buch über die Erziehung von Drachenwandlerkindern.

Cynthia lachte. „Keine Sorge, der ganze Clan wird helfen wollen." Sie senkte ihre Stimme. „Aber lass mich dir raten, früh Grenzen zu setzen, sonst wirst du zwanzig Leute haben, die alle versuchen, das Kleine zu erziehen – und jeder mit unterschiedlichen Regeln."

Bevor sie antworten konnte, klopfte es erneut, und Cris kam herein. Ashley blinzelte. Sie hatte die Sicherheitschefin noch nie in einem Kleid gesehen.

Cris verdrehte die Augen. „Ich kann tough sein und trotzdem manchmal feminin."

„Natürlich", murmelte Ashley. „Du siehst toll aus."

Cris blickte auf ihr leuchtend grünes Kleid. „Ich dachte, eine knallige Farbe ist gut, damit die Leute wissen, dass ich sie im Auge behalte."

„Und da kommt die Sicherheitschefin in dir durch", kicherte Ashley.

Cris zuckte mit den Schultern. „Die bin ich eben. Und selbst wenn ich versuche, mal abzuschalten, es funktioniert einfach nicht."

Ashley wünschte sich, sie stünde der Sicherheitschefin etwas näher. Irgendwann wollte sie mit der Drachenfrau darüber sprechen, dass sie sich Zeit für sich selbst nehmen musste. Nach allem, was sie gesehen und was Wes erwähnt hatte, arbeitete Cris härter als jeder andere auf PineRock, sogar Wes.

Doch als Musik aus dem Saal den Flur hinunterdrang, fügte Ashley es ihrer immer länger werdenden Liste von Dingen hinzu, die sie angehen wollte. Ja, sie würde Cris helfen, aber nicht heute. Bis Ashley offiziell Wes' Gefährtin war, war ihre Zukunft nicht vollständig gesichert.

Dieser Tag und der darauffolgende Rausch gehörten ihr. Danach würde sie anfangen, Pläne für ihr neues Zuhause zu schmieden.

Ein Beschützer erschien in der Tür, um Ashley abzuholen. Sie verabschiedete sich und bemühte sich, ihr pochendes Herz zu ignorieren. Nicht aus Angst oder Nervosität, sondern vor Aufregung. Die Zukunft, von der sie bisher nur zu träumen gewagt hatte, würde in wenigen Minuten ihre sein.

Wes stand auf einer Seite der Tribüne und versuchte, sich abzulenken, indem er den Clan unten beobachtete.

Es war eine Weile her, seit sie eine große Feier gehabt hatten. Nicht, weil der Clan solche Veranstaltungen nicht mochte, sondern weil er zu beschäftigt damit gewesen war, Angehörige des Clans, die versucht hatten, die beiden Menschen, Tori und Ryan, zu verletzen, aus ihren Löchern zu treiben und umzusiedeln.

Und nicht zum ersten Mal fühlte Wes sich ein wenig schuldig, weil er den Clan als Ganzes vernachlässigt hatte.

Sein Drache meldete sich zu Wort. *Es war wichtig, den Clan wieder zu einem sicheren Ort zu machen. Jetzt können wir solche Feste feiern, ohne uns Sorgen zu machen, dass jemand die Menschen angreift.*

Wes bemerkte, dass Gaby versuchte, mit ihrem Menschenmann zu tanzen, aber kläglich scheiterte. Er lächelte und antwortete: *Ich weiß. Aber es ist schwer, mich nicht mit früheren Anführern zu vergleichen und wie sie alles geleitet haben.*

Wir sind aus vielen Gründen anders. Es ist ewig her, seit ein Clanführer von PineRock eine Menschenfrau zu seiner Gefährtin gemacht hat.

Das stimmte. Und ehrlich gesagt hatte Wes gedacht, es sei unmöglich.

Dann bemerkte er Ashley auf der anderen Seite der Tribüne, und er vergaß sofort alles außer seiner wunderschönen Menschenfrau.

Ihr blaues Kleid ließ ihre Augen und ihre Haut leuchten. Und die sanften Wellen in ihrem normalerweise glatten Haar ließen sie geradezu unschuldig wirken. Dann begegnete er ihrem Blick, sah den Humor darin tanzen und wusste, dass sie selbst, wenn sie ihr Aussehen für ein besonderes Ereignis geändert hatte, immer noch die Frau war, die er liebte.

Verdammt, selbst in einem Müllsack würde er sie noch wunderschön finden.

Sein Drache mischte sich ein. *Was sie trägt, ist egal, weil wir es ihr bald vom Leib reißen werden.*

Bevor er sein Tier dafür ermahnen konnte, Ashleys Paarungskleid nicht zu zerstören, erschien Cris hinter ihm und flüsterte: „Komm, Wes. Es ist Zeit, das durchzuziehen."

Er nahm seinen Blick nicht von Ashley, als er antwortete: „Wer hätte gedacht, dass du eine solche Romantikerin sein kannst?"

„Wie du meinst, Knalltüte. Willst du sie zu deiner Gefährtin nehmen oder nicht? Weil ich diejenige bin, die das machen muss."

Normalerweise leitete der Clanführer die Zeremonie, aber in seinem Fall übernahm die Sicherheitschefin seinen Platz. Er flüsterte: „Natürlich will ich. Aber ich muss zugeben, ich kann den Tag nicht erwarten, an dem du dran bist. Ich werde dich gnadenlos aufziehen."

Cris schnaubte. „Lass uns einfach anfangen."

Wes hatte das Gefühl, dass es jemanden gab, den Cris mochte, aber sie konnte extrem verschlossen sein, wenn es um ihre persönlichen Wünsche ging.

Er setzte es auf seine Liste von Dingen, um die er sich kümmern wollte. Denn seine Sicherheitschefin verdiente jemanden, der sie so glücklich machte wie Ashley ihn.

Er holte tief Luft, machte den ersten Schritt, dann noch einen, bis er und Ashley sich in der Mitte der Tribüne trafen. Ein hoher Ständer mit einer geschnitzten Schatulle stand direkt hinter ihnen, dort, wo auch Cris stand. Der Clan verstummte erwartungsvoll.

Er streckte eine Hand aus, nahm Ashleys und drückte sie. Sie lächelte ihn an, Liebe und Glück in ihren Augen, und er musste sich fast kneifen, um sich zu vergewissern, dass er nicht träumte.

Sein Drache knurrte. *Wenn du nicht mit all diesen blumigen Gedanken aufhörst, werde ich die Kontrolle übernehmen und das hier verdammt nochmal beschleunigen.*

Da er wusste, dass sein Drache die Paarungszeremonie niemals ruinieren würde – seine Drachenhälfte scherte sich nicht um Traditionen, verstand aber deren Bedeutung –, ignorierte Wes ihn und prägte sich Ashleys blaue Augen, blasse Wangen und dunkles Haar ein.

Endlich sprach Cris laut und ihre Stimme hallte durch den Saal. „Heute ist ein glücklicher Tag für den Clan PineRock. Unser Clanführer hat nicht nur seine Gefährtin gefunden, sondern sie haben auch einen Weg gefunden, zusammen zu sein, trotz aller Widrigkeiten." Sie nahm die Schatulle und fuhr fort: „In dieser Schatulle sind die Geschenke, die wir jedem neuen Paar geben, einschließlich der Ringe, graviert mit einer einzigartigen Botschaft in der alten Drachensprache." Sie öffnete die Schatulle, nahm die Ringe heraus und reichte sie Wes. „Möge eure Paarung glücklich sein, voller Lachen und fruchtbar."

Er hörte ein leises Schnauben von Ashley und widerstand dem Drang zu lachen. Obwohl die letzte Zeile traditionell war, konnte er sich vorstellen, dass seine Menschenfrau die Wortwahl „fruchtbar" seltsam fand. Nicht weil sie keine Kinder wollte – sie sagte, sie wolle welche –, sondern wegen der Formulierung selbst.

Sein Drache knurrte, um ihn daran zu erinnern, sich zu konzentrieren. Also nahm Wes die Ringe mit einer Hand und begann seine vorbereitete Rede. „Viel zu lange habe ich versucht, zu leugnen und zu verdrängen, was ich für dich empfinde. Ich dachte, einen Weg zu finden, damit ein Clanführer und eine ADDA-Mitarbeiterin zusammen sein können, wäre zu schwierig, zu unmöglich, zu – ja, hier lässt sich so ziemlich jede Ausrede einfügen. Du musstest mich ersteigern und mich dazu zwingen, meine Clanführer-Fassade abzulegen, die ich als Schild gegen deinen Charme, deinen Witz und deine Schönheit benutzt habe, bevor ich erkannt habe, dass ich die ganze Zeit ein Narr war. Ich liebe dein Feuer, dein großes Herz und die Tatsache, dass du besser als jeder andere weißt, wie man mich provoziert. Ich liebe dich, Ashley Swift." Er hielt den kleineren der beiden Ringe hoch. „Mit diesem Ring mache ich meinen Anspruch auf dich geltend. Akzeptierst du ihn?"

Sie streckte ihren Ringfinger aus. „Ja."

Sobald das Gold an Ort und Stelle war, durchlief ein kleiner Schauer seinen Körper.

Doch er konnte nicht mehr als einen Moment nehmen, um das Gefühl zu genießen, denn Ashley nahm den anderen Ring und sagte: „Lange Zeit dachte ich, ich müsste zwischen meinem Job und dem Mann wählen, den ich mehr wollte als jeden anderen. Ich habe mich an die Regeln gehalten und geglaubt, es gäbe keinen Weg, beides zu haben. Und doch beschloss ich für einen Abend, die Regeln ein bisschen zu umgehen und Zeit mit einem klugen, intelligenten, sexy Mann zu verbringen, der genauso stur sein kann wie ich. Vielleicht lief der Abend nicht ganz wie geplant, aber es war genau das, was wir beide brauchten. Wir sind in so vielerlei Hinsicht besser zusammen, und von jetzt an werden wir glücklich sein und all das, ja. Aber wir werden auch dafür sorgen, dass PineRock sicher und geschützt ist für unsere Kinder und Kindeskinder.

Ich liebe dich, Wes Dalton, mehr als alles andere."
Sie hielt den Ring in ihrer Hand hoch. „Mit diesem
Ring mache ich meinen Anspruch auf dich geltend.
Akzeptierst du ihn?"

Da sie den Ring zwischen ihren Fingern hielt,
bewegte er seinen eigenen Finger, sodass er bis zum
ersten Knöchel hindurchglitt. Sie lachte, als sie ihn
den Rest des Weges hinunterschob.

Cris sprach wieder, wie es der Brauch verlangte.
„Dann erkläre ich euch beide zu Gefährten,
gebunden durch menschliches und Drachenrecht
und unter dem ewigen Schutz von PineRock. Du
darfst deine Gefährtin küssen."

Ohne sich diesmal darum zu scheren, was der
Clan von ihm dachte, zog Wes Ashley an seinen
Körper, legte die Hand an ihre Wange und
murmelte: „Das ist nur ein Versprechen für später."

Er wollte den Gefährtenrausch noch nicht auslösen, also küsste er ihre Wange, ihren Kiefer und sogar
ihre Nase, bevor er einen letzten Kuss auf ihre Stirn
drückte. Für ein paar Sekunden hielten sie einander
einfach nur fest, als wollten sie die Zeremonie besie-
geln, indem sie einander im angezogenen Zustand so
nah wie möglich kamen.

Dann brach der Applaus des Clans los und riss
ihn zurück in die Realität. Er nahm Ashleys Hand,
küsste ihren Handrücken und wandte sich der
Menge zu, bevor er fragte: „Wer möchte meine neue
Gefährtin kennenlernen?"

Während der Clan sich an den Rändern des

Saals aufstellte, um sich zur Begrüßung anzustellen, zog Wes Ashley an seine Seite und flüsterte: „Muss ich mich auf Flirts mit alten Männern gefasst machen?"

Sie schnaubte. „Vielleicht." Sie bewegte ihren Kopf zu seinem Ohr und sprach leise, damit die anderen sie nicht hören konnten. „Aber jeden Flirt mit einem Opa oder einer Oma gleiche ich aus, sobald wir ungestört sind."

Blut rauschte gen Süden, und es kostete ihn eine Menge Selbstbeherrschung, seinen Schwanz im Zaum zu halten. Er flüsterte in ihr Ohr: „Dann hoffe ich, dass du mit jedem Einzelnen von ihnen flirtest."

Ashley lachte und schüttelte den Kopf. „Mein Gott, wie sich dein Ton verändert hat."

Bevor er sie zurücknecken konnte, erreichten sie die erste Familie in der Reihe. Wes schaffte es, seinen Drang zu necken, zu flirten und seine Gefährtin für sich zu beanspruchen, zurückzustellen, um seine offiziellen Pflichten zu erfüllen.

Denn je schneller er das hier hinter sich brachte, desto eher würde er Ashley endlich auf den Mund küssen und sie mit seinem Schwanz beanspruchen können.

Und das konnte gar nicht schnell genug passieren.

Kapitel Vierzehn

Ashley verlor jedes Zeitgefühl, während sie lächelte und versuchte, mit so vielen ihrer neuen Clanmitglieder wie möglich ein paar freundliche Worte zu wechseln. Nicht jeder war begeistert, aber niemand war offen feindselig.

Und wenn man bedachte, dass sie die Vertreterin einer Behörde war, die so viele Aspekte ihres Lebens einschränkte, konnte sie ihnen das nicht verdenken.

Die Interaktionen stärkten nur ihre Entschlossenheit, nicht nur die Beziehungen zwischen dem ADDA und Drachen zu verbessern, sondern auch für mehr Freiheiten zu kämpfen. Immerhin schien es in Großbritannien zu funktionieren, soweit sie gelesen hatte. Vielleicht war es endlich an der Zeit für die USA, das Versprechen von Freiheit einzulösen.

Doch als sie sich von der letzten Familie in der Begrüßungsreihe verabschiedete, dröhnte Cris'

Stimme aus den Lautsprechern und beendete jegliche weiterer Gedanken an Reformen. „Okay, ich denke, es ist mehr als Zeit, dass Wes und seine neue Gefährtin gehen und ihre private kleine Feier haben. Wer die Gelegenheit verpasst hat, sie willkommen zu heißen, kann das später tun, nach dem Rausch."

Obwohl die Drachenwandler um sie herum nur lächelten und wissende Blicke austauschten, brannten Ashleys Wangen.

Sie war es nicht gerade gewohnt, dass jeder wusste, dass sie einen Sexmarathon vor sich hatte.

Wes' beruhigendes Flüstern drang an ihr Ohr. „Noch eine Sache, die das ADDA dir nicht über meine Art beibringt – Drachen ist Sex nicht peinlich. Gewöhn dich besser daran, denn sobald der Rausch vorbei ist, werden dich alle damit aufziehen."

„Na toll", seufzte sie.

Er lachte und zog sie an seine Seite. „Es ist nicht so, als hätten wir Live-Videofeeds oder so." Er senkte seine Stimme. „Was im Schlafzimmer passiert, bleibt zwischen uns. Und glaub mir, ich habe eine Menge Dinge, die ich dir zeigen will, die dich erröten lassen könnten. Also nur zu, du kannst gerne jetzt rot werden."

Sie versetzte ihm einen Klaps auf die Brust und hoffte verzweifelt, nicht noch röter zu werden. „Können wir jetzt gehen?"

Wes winkte dem Raum noch einmal zu und hob Ashley dann in seine Arme. Im Gehen rief er: „Cris und Troy haben das Kommando, bis ich wieder auftauche. Versucht, kein Chaos anzurichten, während ich damit beschäftigt bin, meine neue Gefährtin zu genießen."

Und selbst wenn sie sie nicht sehen konnte, spürte sie, dass ihre Wangen heißer wurden. Sie hoffte, dass die Drachenwandler nicht so locker waren, dass sie für alle hörbar Sexgeschichten bei Clanversammlungen austauschten. Denn wenn dem so war, musste Ashley ihre Verlegenheit so schnell wie möglich überwinden.

Vielleicht konnte sie sogar Wes dazu bringen, es zu einer Art Spiel zu machen.

Wes verließ schnell den Saal. Bald waren sie allein, und als er sie in die Nacht trug, half die kühle Luft, ihre brennenden Wangen zu kühlen. Und während sie sich an seine Brust schmiegte, verblasste die Verlegenheit. Stattdessen war sie sich intensiv seiner harten, heißen Brust an ihrer Seite bewusst, genauso wie seines einzigartig männlichen Dufts.

Obwohl sie in der Nachtluft nur ein wenig fröstelte, wurden ihre Brustwarzen hart in Erwartung dessen, was kommen würde.

Nach all dieser Zeit würde sie endlich Wes beanspruchen und von ihm beansprucht werden. Sie platzte mit einer Frage heraus, die sie schon lange hatte stellen wollen, für die ihr jedoch bis jetzt der Mut gefehlt hatte. „Wird dein Drache zuerst herauskommen?"

Wes schüttelte den Kopf. „Nein, dich das erste

Mal werde ich dich beanspruchen. Aber er kommt danach dran." Er begegnete ihrem Blick im schwindenden Licht. „Hast du Angst vor ihm? Ich hätte gern mehr Zeit gehabt, damit du ihn kennenlernen kannst, aber es hat nicht wirklich geklappt."

Dass er sich um sie sorgte, war für sie ein Beweis seiner Liebe. „Mach dir keine Sorgen, ich habe nicht wirklich Angst, ich bin eher neugierig. Immerhin hört man viele Gerüchte und gelegentlich Klatsch von den Menschen, die mit Drachenwandlern zusammen sind. Und es ist fast ausschließlich positiv."

Wes' Pupillen blitzten zu Schlitzen und zurück. „Er sagt, es sollte alles positiv sein. Aber wirklich, mein Drache ist nur ein bisschen angepisst, dass er dir seine prächtige Drachengestalt nicht zeigen konnte, bevor er dich beansprucht."

Sie lächelte zu ihm auf. „Dann sag ihm, er soll diesen Rausch auskosten und irgendeinen Rekord aufstellen. Je schneller wir fertig sind, desto eher können wir andere Dinge tun."

Wes lachte. „Ich weiß, dass du gern effizient bist, aber ich glaube nicht, dass das hier funktioniert." Seine Stimme wurde ein wenig leiser. „Und ich will auch nicht hetzen, wenn ich meine Frau beanspruche."

Seine Worte ließen sie erschauern, und Nässe schoss zwischen ihre Schenkel. Vielleicht war ein langer Rausch gar nicht so schlecht. Sie würde zwar sicher wund werden, aber ihr Herz raste bei dem

Gedanken, dass ein starker, dominanter Drachenmann sie immer wieder beanspruchen würde.

Wes stöhnte. „Du machst mich fertig, Ash. Ich
weiß, dass du mich willst, aber wenn du so weiter-
machst, werde ich dich in aller Öffentlichkeit beanspruchen, wo jeder uns sehen könnte."

Sie neigte den Kopf. „Vielleicht können wir das
irgendwann mal einen abgelegenen Ort ausprobieren. Ich wollte schon immer Sex im Freien haben."

Er stöhnte wieder, und sie lachte. Er sagte: „Du
wirst noch mein Tod sein, Menschenfrau. Ich spüre
es einfach."

„Wenn du mit Tod dein perfektes Gegenstück in
jeder Hinsicht meinst, dann ja, das bin ich."

Seine Augen wurden heiß, und Wes sagte: „Ich
weiß längst, dass du mein perfektes Gegenstück
bist, und nicht nur, weil das Schicksal es sagt." Er
rückte sie in seinen Armen zurecht, um sie fester
an seine Brust zu drücken. „Halt dich jetzt fest,
denn ich werde rennen, damit ich es dir beweisen
kann."

Während sie ihre Arme um seinen Hals schlang
und ihren Kopf an seine Brust schmiegte, genoss sie
seinen Atem, seinen Herzschlag und sogar die sanfte
Brise auf ihrer Haut.

Es gab eine Zeit zum Necken und Reden und
eine Zeit für andere Dinge. Das hier war Letzteres.

Also blieb Ashley still, damit Wes so schnell wie
möglich zu ihrem neuen Zuhause rennen konnte.
Denn sie war vielleicht noch begieriger darauf als er,

ihre Kleider loszuwerden und ihn zu reiten, als gäbe es kein Morgen.

Wes versuchte, sich zu beherrschen, während er zu seinem Haus rannte, aber das Bedürfnis von Mann und Drache, ihre Gefährtin zu beanspruchen, war fast überwältigend.

Er begann zu verstehen, warum die meisten neuen Paare Minuten nach ihrer Zeremonie davonrannten, anstatt mit den Gästen zu feiern. Es war fast so, als wäre es eine weitere Prüfung für einen Clanführer, mehrere Stunden warten zu müssen. Eine, die fast so anstrengend war wie die, als er seinen Führungswettbewerb durchlaufen hatte.

Dieser Teil ist vorbei, brummte sein Drache, *also hör auf, darüber nachzudenken. Sorg nur dafür, dass wir keine Zeit verschwenden, sobald wir im Haus sind. Du hast den Rest unseres Lebens, um mit unserer Gefährtin zu reden. Der Rausch ist wichtiger.*

Ausnahmsweise stritt Wes nicht mit seinem Tier.

Er erreichte endlich sein Haus, schaffte es, die Tür zu öffnen – er hatte sie absichtlich unverschlossen gelassen – und eilte hinein, während er die Tür mit dem Fuß hinter sich schloss.

Da er seine Gefährtin in ihrem Schlafzimmer beanspruchen wollte, rannte er die kurze Strecke dorthin und legte Ashley dann vorsichtig auf sein – nein, ihr gemeinsames Bett.

Während sie sich auf ihre Ellbogen stützte und ihn mit ihren dunkelblauen Augen anstarrte, wurde sein ohnehin harter Schwanz zu Granit. Er knurrte: „Zieh das Kleid aus, oder ich reiß es dir vom Leib."

Er wartete nicht auf eine Antwort, da er wusste, dass Ashley genauso erregt war wie er, und konzentrierte sich darauf, seine eigenen Kleider auszuziehen. Sobald die zerfetzten Überreste am Boden lagen, trat er näher ans Bett.

Zufriedenheit durchströmte ihn, als Ashley das Kleid herunterschob und es auf den Boden warf. Sie legte sich zurück, die Arme über dem Kopf, sah ihn wieder an und sagte: „Ich warte."

Keine Zögerlichkeit, keine Angst, nichts Negatives. Seine Gefährtin war bereit, alles von ihm anzunehmen.

Er kroch langsam auf Händen und Knien über sie, bis sein Gesicht direkt über ihrem war. Dann legte er sich auf sie, und holte scharf Luft, als ihre warme Haut seine berührte.

Er ignorierte das Toben seines Drachen, sie endlich zu ficken, nahm ihr Gesicht in seine Hände und näherte sich ihr, bis seine Lippen nur einen Zentimeter von ihren entfernt waren. „Das ist das einzige Mal, dass ich es langsam angehe, Ash. Ein Drache im Rausch ist fordernd, unersättlich und getrieben von dem Bedürfnis, dich zu ficken, bis du schwanger bist. Bist du bereit?"

Sie hob ihre Hüften, rieb sie gegen seinen Schwanz, und er stöhnte. Ihre Stimme war heiser, als sie sagte: „Ich bin seit Jahren bereit. Küss mich, Wes. Und zeig mir, was du draufhast."

Vielleicht sollte er sich Zeit nehmen, ihren ersten Kuss auskosten. Doch zwischen dem Drang seines Drachen, dem Gefühl der Haut seiner Gefährtin an seiner und dem Duft ihrer Erregung presste er seine Lippen auf ihre, stieß seine Zunge in ihren Mund und beanspruchte sie mit gierigen Stößen.

Das Bedürfnis, sie zu ficken, rauschte durch seinen Körper und sein Drache hatte fast einen Tobsuchtsanfall, als er sagte: *Beeil dich, beeil dich. Du bekommst das erste Mal nur, weil du versprochen hast, nicht zu zögern. Also fang an, oder ich übernehme.*

Da er auf keinen Fall zulassen würde, dass das passierte, küsste Wes sie weiter, während er seinen Unterkörper ein wenig hob. Er nahm seinen Schwanz in eine Hand und strich damit über ihre Scham. Er brach den Kuss ab, als er stöhnte. „Du bist schon so verdammt nass."

Sie schaffte es, ihre Beine weiter zu spreizen. „Dann lass mich nicht warten."

Mit einem tiefen Stöhnen stieß er seinen Schwanz langsam in ihre Pussy und seufzte. „Du bist so eng. Ich will einfach zustoßen, aber ich will dir nicht wehtun."

„Du wirst mir nie wehtun, Wes. Halt nicht zurück, wer du bist. Ich will dich und niemanden sonst in meinem Bett. Mann und Drache, beide. Ich liebe euch."

Ihre Worte entfesselten jeden Instinkt und jedes Bedürfnis, gegen die er angekämpft hatte. Wes stieß bis zum Anschlag in sie hinein, genoss, wie eng und heiß sie war, wie sie ihn umklammerte, als würde sie ihn nie wieder loslassen.

Ashleys Nägel gruben sich in seinen Rücken, und das entfesselte sein inneres Tier. Wes presste seinen Mund wieder auf ihren, streichelte ihre Zunge, während er seine Hüften bewegte.

Die Kombination aus ihrem Geschmack in seinem Mund und ihrer Hitze um seinen Schwanz ließ ihn fast sofort kommen. Doch er hielt sich zurück, wollte – nein, musste – dafür sorgen, dass sie zuerst kam. Es war eines der Dinge, die ein Mann immer für seine Frau tun sollte.

Also rollte er sich auf den Rücken, ohne ihre Verbindung zu unterbrechen, und riss sich schließlich von ihrem Mund los. „Reite mich."

Sie blinzelte einen Moment, begann aber, ihre Hüften vor und zurück zu wiegen. So sehr er ihre Brüste hüpfen sehen und ihre Nippel necken wollte, hatte er Wichtigeres zu tun, wenn er wollte, dass seine Gefährtin vor ihm kam.

Wes bewegte seine Hand zu ihrer Klitoris, massierte sie und genoss, wie sie sich seiner Berührung entgegenbog. Ashley stöhnte: „Fester, Wes."

„Und du pack mich, als ginge es um dein Leben."

Als ihre inneren Muskeln sich um seinen Schwanz anspannten, stöhnte Wes.

Verdammt, er konnte jetzt schon sagen, dass ihm

mit seiner Gefährtin im Bett nie langweilig werden würde. Er müsste später testen, ob sie bereit war, Befehle zu befolgen.

Für den Moment spannte er seine Bauchmuskeln an, um seinen Orgasmus zurückzuhalten, während er ihre Klitoris mit dem Daumen massierte, schnippte und leicht kniff. Jedes Geräusch, das sie machte, verriet ihm, was sie mochte, was sie wollte.

Sein Drache tobte. *Hör auf zu experimentieren. Gib ihr, was sie will. Ich will ran, mach hin!*

Da er kurz davor war, seine Kontrolle über seinen Drachen zu verlieren, sah er Ashley in die Augen, während er ihre straffe Knospe kniff, losließ und es wiederholte.

Sie hörte nie auf, ihre Hüften zu bewegen, während sie stöhnte: „So nah, Wes. Küss mich, wenn ich komme."

Er schaffte es, sich aufzusetzen und sie mit einem Arm festzuhalten, ohne seine Aufmerksamkeit von ihrer Klitoris abzuwenden. Er presste seine Lippen auf ihre, stieß seine Zunge in ihren Mund und beanspruchte ihn so hart, wie sie ihn ritt.

Sie schrie in seinen Mund, als sie um seinen Schwanz zuckte. Wes brüllte und ließ los, liebte, wie sich ihre Muskeln noch weiter zusammenzogen, als sein Samen ihren Orgasmus spiralförmig ansteigen ließ.

Als sie schließlich gegen ihn sackte, löste er sich von ihrem Mund und strich durch ihr Haar. „Mein

Drache wird nicht viel länger warten, Liebes. Kannst du ihn verkraften?"

„Natürlich. Obwohl ich vielleicht ein paar Minuten wie Wackelpudding sein werde, also verlang nicht zu viel von mir, bis ich wieder bei Kräften bin."

Sein Tier schnaubte: *Das spielt keine Rolle. Sie ist bereit, und ich will sie.*

Bevor Wes Ashley antworten konnte, drängte sein Drache in den Vordergrund seines Geistes und übernahm die Kontrolle über seinen Körper. Sein Tier hob Ashley hoch und drehte sie auf den Bauch. Während er ihre Hüften anhob und ihre Pussy suchte, wünschte Wes, er könnte derjenige sein, der sie wieder beanspruchte.

Doch sein Drache war ein Teil von ihm, und wenn es um ihre Gefährtin ging, würden sie immer teilen.

Also beobachtete er nur und wartete, bis er sie wieder haben konnte.

Ashley hatte noch nie einen Orgasmus erlebt, der begann, während sie noch nicht ganz vom vorherigen runtergekommen war.

Es stellte sich heraus, dass dieses Gerücht über Drachenwandler und ihre wahren Gefährtinnen – dass der Samen eines Drachenmannes eine unglaubliche Ekstase auslöste –weder Gerücht noch Fantasie war.

Doch bevor sie weiter darüber nachdenken oder Wes damit aufziehen konnte, lag sie mit dem Gesicht nach unten auf der Matratze, ihre Hüften in die Luft gehoben.

Wes' etwas tiefere Stimme drang an ihre Ohren. Sie wusste von dem Tag, als er seinen Drachen herausgelassen hatte, dass jetzt sein Tier die Kontrolle hatte. „Du bist mein. Nur mein. Sag es."

Da sie wusste, dass die Drachenhälfte das hören musste, antwortete sie: „Ich bin dein."

Sie spürte seinen Schwanz an ihrem Eingang, und im nächsten Moment stieß er bis zum Anschlag in sie hinein.

Sie schrie auf, eine Mischung aus Lust mit einem Hauch von Schmerz.

Doch bevor sie weiter darüber nachdenken konnte, bewegte Wes' Drache ihre Hüften im Takt mit seinen Stößen, und sie vergaß alles außer wie tief er in sie eindrang.

Wes' Tier knurrte: „Du bist mein. Ich muss dich ficken, bis du mein Kind trägst. Nur dann werden andere meine Gefährtin in Ruhe lassen."

Da sie wusste, dass er jetzt nicht rational sein würde, bog sie einfach ihren Rücken durch. „Dann hör auf zu labern und mach es."

Er brüllte und stieß härter zu. Etwas Hartes streifte ihre Klitoris, und sie rieb sich gegen das, was seine ausgefahrene Kralle sein musste. „Fass mich an,

Drache. Zeig mir, wie viel deine Gefährtin dir bedeutet."

Da Drachen Herausforderungen nie ablehnten, presste er die harte Kralle gegen ihre Klitoris, sorgfältig darauf bedacht, sie nicht mit der scharfen Spitze zu stechen.

Mit jeder Berührung und jedem Stoß, abwechselnd, um sie verrückt zu machen, krallte sie ihre Hände fester in die Laken.

Sie würde es lieben, die Gefährtin eines Drachenwandlers zu sein.

Er brüllte schließlich, und ein Orgasmus rauschte durch sie hindurch. Die Lust machte sie für einen Moment fast blind, verstärkt durch die Tatsache, dass Wes' Drache immer noch in sie stieß und ihre Klitoris rieb.

Als sie schließlich herunterkam, legte sich ein Arm um ihre Taille, und sie spürte einen zärtlichen Kuss auf ihrer Schulter, bevor sie Wes' normale Stimme hörte. „Alles okay, Liebes?"

Sie drehte ihren Kopf, um sein Gesicht zu sehen, und lächelte. „Mehr als okay."

Er suchte ihren Blick und sah sie besorgt an. „Du hast keine Angst oder bist böse auf meinen Drachen, oder?"

Sie lachte. „Ganz im Gegenteil." Sie hob eine Hand an seine Wange. „Ich habe gemeint, als ich es gesagt habe: ich liebe alles an dir, Wes Dalton. Also, wenn dein Drache sich zurückgehalten hat, muss er das nächstes Mal nicht tun."

Seine Pupillen blitzten, bevor er antwortete: „Das könntest du später bereuen. Aber zumindest hat es ihn ein bisschen beruhigt, was bedeutet, dass du eine Pause machen kannst, bevor wir weitermachen."

Sie drehte sich, sodass sie auf der Matratze saß und fast auf Augenhöhe mit Wes war. Sie küsste ihn sanft. „Nur eine Kurze. Vielleicht kannst du mich halten und mich ein paarmal küssen? Auch wenn ich es manchmal hart mag, langsam und zärtlich kann auch gut sein."

Er legte sich auf die Seite, und sie wandte sich ihm zu. Wes strich über ihren Kiefer, ihre Schulter und hinunter zu ihrer Hüfte, wo er seine Hand ruhen ließ. „Ich kann nicht garantieren, dass ich meinen Drachen immer kontrollieren kann, aber ich werde es mir für die Zeiten merken, wenn ich das Sagen habe." Ein Mundwinkel zuckte nach oben. „Aber nicht jedes Mal. Der Menschenmann in mir mag es auch manchmal hart."

Sie schenkte ihm ein verschmitztes Lächeln. „Gut."

Er blinzelte überrascht. Da sie seine Haut an ihrer spüren musste, kuschelte sie sich näher. „Hör auf, dir Sorgen um mich zu machen. Ernsthaft. Ich kann alles verkraften. Nun, vorausgesetzt, du besorgst mir ab und zu was zu essen. Gibt's so was wie einen Gefährtenrausch-Lieferservice?"

Er lachte, und sie spürte, wie seine Muskeln sich entspannten. „Gibt es tatsächlich. Denn auch wenn ich dir Pausen für Essen, Toilette und manchmal sogar eine Dusche geben kann, würde mein Drache dich auf keinen Fall Zeit mit Kochen verschwenden lassen. Das wäre Zeitverschwendung."

Sie küsste seine Lippen kurz. „Hey, wenn ich nicht kochen muss, bin ich ein glücklicher Mensch."

Während sie einander anlächelten, konnte Ashley kaum glauben, dass das kein Traum war. Sie hatte alle Widrigkeiten überwunden, um ihr Happy End mit einem Drachenwandler zu finden. Und nicht irgendeinem Drachenwandler, sondern dem sexysten, dem perfekten Gegenstück für sie.

Als er sie in den folgenden Tagen immer wieder nahm, bemerkte Ashley weder ihre Erschöpfung noch irgendetwas Negatives. Nein, alles, was sie wusste, war, dass sie Zeit mit dem Mann verbrachte, den sie liebte, und es war perfekt.

Epilog

Jahre später

Wes stand mit seinem kleinen Sohn Ben in den Armen da und lächelte, während er Ashley zusah, als sie mit einigen anderen Frauen im kalten Wasser des Lake Tahoe plantschte.

Obwohl er versucht hatte, sie zu warnen, dass das Wasser zu kalt für sie sei, da sie endlich mit ihrem zweiten Kind schwanger war, hatte sie nur die Augenbrauen hochgezogen und ihm ihren besten „Sieh einfach zu"-Blick zugeworfen, bevor sie hineinsprang.

Es war wirklich nicht *so* schlimm, seiner tropfnassen Frau beim Herumtollen im Wasser zuzusehen.

Sein Drache schnaubte. *Und du sagst, ich sei schlimm.*

Einer der anderen Clanführer, David Lee von StoneRiver, kam auf ihn zu und lachte. „Unsere Gefährtinnen lassen sich nicht alles von uns gefallen. Wenn du das nach all den Jahren als Paar nicht weißt, kann dir niemand helfen."

Er warf dem etwas älteren Mann einen Blick zu. „Sagt der Mann, der geschworen hat, nie eine Gefährtin zu haben, weil sie eine Schwäche darstellen."

David verdrehte die Augen. „Wie oft wirst du mir das noch aufs Brot schmieren?"

Wes grinste, während er seinen schlafenden Sohn an seiner Schulter zurechtrückte. „So oft ich kann. Immerhin hättest du deine Gefährtin nicht, wenn es uns nicht gäbe."

Der andere Anführer schnaubte: „Vielleicht, vielleicht auch nicht."

Er hob die Augenbrauen. „Der einzige Grund, warum Tiffany überhaupt in unsere Nähe gekommen ist, ist, weil ihr Bruder eine Frau aus meinem Clan geheiratet hat. Du wirst mir dafür immer was schulden, David."

Ashley kreischte, und er beobachtete aus dem Augenwinkel, wie Tiffany und Gaby sie beide tauchten.

Natürlich lachte Ashley, als sie wieder auftauchte, und ging auf Gaby los, um sich zu revanchieren.

Sein Drache meldete sich. *Warum können wir nicht wandeln und mit ihnen in den See springen?*

177

Du kannst unseren Sohn unserer Mutter geben. Sie wird auf ihn aufpassen.

Wes blickte auf den kleinen Jungen, der an seiner Schulter schlief. *Noch nicht. Die letzten Jahre waren hektisch, und ich will einfach Zeit mit unserem Sohn verbringen.*

David unterbrach sein Gespräch. „Glaub mir, ich wäre auch lieber da drüben bei meiner Gefährtin. Aber wir müssen uns mit den anderen beiden Anführern von SkyTree und StrongFalls treffen, bevor die offizielle Zeremonie beginnt."

Ach ja. Das Bündnisabkommen, das die vier Clans rund um den Lake Tahoe mit dem Segen des ADDA geschlossen hatten.

Sabber lief aus dem Mund seines Sohnes, und Wes wischte ihn weg. „Ich treffe dich dort. Ich muss erst meine Mom finden und ihr Ben geben."

Mit einem Nicken ging der Clanführer von StoneRiver zu der etwa hundert Meter entfernten Tribüne.

Wes nahm sich noch einen Moment, um die Wange seines Sohnes zu küssen, bevor er zu Ashley hinübersah und hoffte, dass sie seinen Blick erwiderte.

Sie musste es gespürt haben, denn sie blickte mit einem Lächeln zu ihm auf und warf ihm einen Kuss zu. Er formte mit den Lippen „Ich liebe dich", und sie tat dasselbe.

Nach einem kurzen Nicken, um ihr zu zeigen, dass er gehen musste, hielt Wes seinen Sohn fest und machte sich auf den Weg zu seiner Mutter. Je schneller er die verdammte Zeremonie hinter sich brachte, desto eher konnte er mehr Zeit mit seiner wunderschönen Gefährtin und seinem Sohn verbringen.

Nicht, dass er viel Grund zur Klage hatte. Immerhin war sein Clan ab heute weitgehend vor der Liga sicher – mit offiziellen Verbündeten und, nicht zu vergessen, stärkeren Arbeitsbeziehungen zum ADDA. Trotzdem waren Ashley und sein Sohn seine größten Schätze, die er nie als selbstverständlich betrachten würde, solange er lebte.

Die Bürde des Drachen

Die Gefährten der Tahoe-Drachen #4

Brad Harper wusste, dass die menschliche Barbesitzerin Natasha ‚Tasha' Jenkins seine wahre Gefährtin ist – seit jener Nacht, als er ihr zufällig bei einem Abend mit Freunden begegnet war. Doch nachdem seine erste Gefährtin mit einem Menschen durchgebrannt war, hegt er einen Groll. Er hat den Job in der Bar nur als Gefallen für seinen Clanführer angenommen. Doch als nicht nur Tashas Bar, sondern auch ihr Leben bedroht wird, bleibt ihm keine Wahl: Er muss sie beschützen. Die einzige Frage ist, ob er ihr widerstehen kann.

Tasha Jenkins mag es, sich Ziele zu setzen und sie zu erreichen. So hat sie eine erfolgreiche Bar in Reno aufgebaut und war ihr eigener Boss geworden. Doch als Störenfriede auftauchen und anfangen, ihre Kundschaft zu belästigen, in der Hoffnung, sie aus dem Geschäft zu drängen, ringt sie mit der Frage, was zu tun ist. Als schließlich ihr Leben bedroht wird, findet sie sich unversehens in der ihr unbekannten Welt der Drachenwandler wieder. Ein Drachenmann scheint sie gleichzeitig zu hassen und um jeden Preis beschützen zu wollen.

Als Tasha keine andere Wahl hat, als eine Scheinehe einzugehen, lernt sie bald mehr über den Drachenmann, der für sie arbeitete. Und gerade als sie denkt, sie könnte einen neuen Lebensplan schmieden, steht neuer Ärger vor der Tür. Diesmal steht alles auf dem Spiel, was ihr lieb und teuer ist.

Über die Autorin

Jessie Donovan hat mehr als eine halbe Million Bücher verkauft, Hunderttausende weitere kostenlos an ihre Leser*Innen verschenkt und es sogar auf die Bestsellerlisten der *NY Times* und *USA Today* geschafft. Sie ist vor allem für ihre Drachenwandler-Serie bekannt, schreibt aber auch über Elfenhexen, Vampire, Alien-Krieger und hat sogar eine verrückt-komische Liebesromanreihe aufgelegt, die in Schottland spielt. Wenn sie nicht gerade ein Buch liest, auf ihrem Laufband joggt oder mit nur wenigen Groschen in der Tasche durch ein fremdes Land reist, findet man sie oft auf Facebook oder TikTok, wo sie mit ihren Lesern interagiert. Sie lebt in der Nähe von Seattle. Dort regnet es zwar oft, doch der Regen macht auch alles grün.

Besuchen Sie ihre Website unter: www.JessieDonovan.com